Reita & Shimazaki
「僭越ながらベビーシッターはじめます」

Chara

僭越ながらベビーシッターはじめます

水無月さらら

キャラ文庫

この作品はフィクションです。
実在の人物・団体・事件などにはいっさい関係ありません。

目次

口絵・本文イラスト／夏河シオリ

昨夜の相手を乗せたタクシーを見送ってから、レイタはホテル内に戻った。

微笑《ほほえ》みかけてきたポーターの青年に半ば反射的に笑みを返し、ロビー横に広がるティーラウンジに足を踏み入れる。

案内された席は日本庭園に面した窓際だった。

午前中の淡い陽光の下、薄桃色の花をつけた枝が目に留まる。

「――五分咲き…にはもうちょっとか」

先刻触れた外気はひんやりだったが、すでに春が来ているのだ。スマートフォンに溜《た》まっているメッセージのいくつかは花見の誘いかもしれない。

いやいや行かないと言うかのように左右に首を振り、レイタは手渡されたメニューを捲《めく》った。

ルームサービスで朝食は済ませたので頼むのはコーヒーのつもりだったが、目と心を楽しませるために彩り美しいスイーツのページを眺めた。

春らしく、苺《いちご》を使ったものが多い。淡い桃色になんとなく頰が緩み、鮮やかなルビー色には視界が広がるような気持ちになった。

しかし、注文は予定通りにコーヒーだけ。

あまり待つことなく運ばれてきた。

サーブする女性スタッフの手つきは丁寧だったが、チラとだけこちらを見遣《みや》った視線は心なしか冷ややかだ。

先ほどのポーターとは違い、芸能界にいたレイタを知っているという感じではない。

その意味は分かるような分からないような……――いや、本当は分かっている。

レイタのような若い男が午前中のホテルのラウンジでのんびりコーヒーなんぞを嗜《たしな》む図は、潔癖な若い女性の嫌悪感に繫《つな》がる。

すなわち――全《まっと》うに働け、と。

（僕、ホストじゃないんだけどな……ホストだって、彼ら的にはちゃんと働いているよ？）

心の中で言ってみるも、会社を経営している一回りも上の女性と一夜を共にし、いくらか貰《もら》ったのは事実だった。

カップに口をつけながら、サーブしてくれた女性の後ろ姿を恨めしげに見送る。

きちんと夜会巻きにしている首筋は毅然《きぜん》とし、人を寄せ付けない感じがした。レイタの釈明は聞いてくれないに違いない。

確かに、今ここにいるのは、チェックアウト前後の外国人旅行客や商談中らしいビジネスマンたちだ。パソコン持参のお一人様女性もちらほらいて、その他には待ち合わせらしい上品そうなマダムのグループ……誰にも、どこにも恥じることない人々だ。

「みんな、ちゃんとしているな」

苦笑いしながら、視線を手前に戻しかけたときだった。

小さな男の子がいるのに目が止まった。

五歳…いや、もう少し幼いか。

幼稚園か保育園の水色のスモックを着て、足をぶらぶらさせながら椅子に座っている幼児の姿はレイタ以上の違和感だった。

テーブルには子供が喜びそうなオレンジジュースのグラスとパンケーキの皿が置いてあったが、それらに手をつけた形跡はなかった。

近くに母親らしい人の姿はない。

向かい側の席には、この子が脱いだらしいクリーム色のキルティングのコートと小さなリュック、黄色い帽子が置いてある。

男の子の視線を追い、とある男の横顔に辿《たど》り着いた――外国人二人を相手に、表情豊かに話し込んでいるビジネスマン。

彼が父親か。

しかし、仕立ての良さそうなスーツを着た三十代半ばほどに見える男性は、心細そうな男の子の視線に応える様子はない。

（……あの人がパパだ？）

家庭の匂いがしてこない美男だ。少なくとも、レイタが持つ父親のイメージからは大きく外れる。

高い額にすっと通った鼻筋、釣り上がった眉は濃いめ、きっちりと織り込まれた二重瞼《まぶた》の美しさの一方で、引き締まった頬と少し角い顎の感じが男らしい。

美男俳優がビジネスマンを演じている場のようで、カメラが回っていないのが不思議なくらいだ。

（台本なしで、英語をぺらぺらってしゃべってるな）

外見が整っているだけでなく、頭の中身も良いと見える。

同じ男としては素直に羨ましい。

ぽっかり口を開けていた自分に気づき、レイタは肩を竦《すく》めた。

気を取り直し、コーヒーを一口飲む。

そのとき、目の端で捉えていた幼児に動きが出た。

（お？）

小さな手を伸ばしてフォークを摑《つか》む。

やっと食べる気になったかと面白がって眺めているると、彼はフォークを三段重ねのパンケーキの真ん中にぶすりと突き刺した。

しかし、動きはそこまで。

「――…ねぇね、パパァ」

くだんの横顔に向かって呼びかける。

しかし、父親は振り向かない――距離的には、聞こえていないはずもないのだが……。

「パパったらぁ！」

あどけない顔が歪《ゆが》んだ。

口の両端が下がり、眉間に皺《しわ》が寄る。

(わわわ、泣いちゃう！)

咄嗟《とっさ》にレイタは水のグラスの端をティースプーンで数回叩《たた》いた。そのカンカンという高い音に、小さな子供はこちらへと顔を向けた。

他の客からの非難するかのような視線はこの際無視し、にっこりと笑いかけてやった。

誰だろうと言うかのように、あどけなく小首を傾《かし》げた。

可愛《かわい》かった。

仕草の愛らしさはもちろん、こんなに幼いのに目鼻立ちがあるべき場所にきちんと配置されていることに感心してしまう――美しい男の子供はやはり美しいのか。

おいでおいでと手で招くと、椅子から滑り降りてくる。

幼児が近づいてくるのを待った。

人見知りしてか、おずおずしているのがまた可愛い。

(よし、いいぞ。こっち、こっちだよ)

自慢ではないが、レイタは女性や子供が得意だ。やや複雑な母子家庭育ちで、父違いの弟妹が出来るたびに面倒を見てきたからだ。

さらに、芸能界に身を置いていた十年間で、相手が期待する笑みを作ることを身に付けた。そこらへんはプロ中のプロである。

幼児がすぐ傍らに来た。

「手ぇ出して」

レイタがこうだよと掌《てのひら》を上にしてみせると、素直にその真似《まね》をした。

小さな、紅葉のような掌だった。

グラスの氷をスプーンで掬《すく》って載せてやった——大抵の子供は氷が好きだし、冷たさは気分転換になるはずだ。

「……つべたい」

子供は自分の掌に載せられた氷を見下ろしたまま、食べていいかと訊《き》いてきた。

「いいよ」

幼児は氷を口に入れた。

すぐに吐き出すだろうと思って使っていない灰皿を引き寄せたが、飴玉《あめだま》を味わうかのように舐《な》め続けた。喉が渇いていたようだ。

「ここ、座る?」

頷《うなず》いたので、抱き上げてすぐ横の椅子に座らせた。

子供の身体《からだ》は予想したよりも軽くて、熱っぽさを感じた。

「なるほど」

顔を覗《のぞ》き込み、とろりと潤んだ大きな瞳に確信する。この子の平常は知らないが、頬や瞼が心なしか赤い——たぶん体調が良くないのだ。

「アイスクリーム、食べる？　冷たくてきっと美味《おい》しいよ」

「食べる」

「何色のがいい？」

「白いのとぴんくいの」

「ぴんくい？」

「イチゴ味のやつ」

「あ、そうか。なるほどね」

スタッフを摑まえ、バニラと苺のアイスクリームを頼んだ。

それが運ばれてくるまで、レイタは手とハンカチを使って幼児と遊んだ。ハンカチに隠れている手の形はきつねなのか、うさぎなのか、鳩《はと》なのか。

警戒が解けたところで、初めて名前を聞いてみた。

「僕、コウくん」

「いくつ？」

「四歳。あゆみ保育園のたんぽこ組」

「たんぽこ？」

「黄色い可愛いお花だよ、知らない？　赤いお花がチューリップ組で、青いお花のすれみ組もあるんだよ」

「すれみって……――」

思わず笑ってしまったが、四歳児は自分が言い間違いをしたことに気づいていなかった。真面目な顔つきで説明してくれる。

「花びらがハートの形で四つあるの。ハートの描き方はこうだよ」

テーブルに指で描いてみせた。

「そうか、これが四枚だね。コウくんは保育園好き？」

「好き。ゆり先生は可愛いし、優しいから……でも、今日は行けなかったの」

「どうして？」

「お熱があったの。保育園の玄関で測ったら、先生が中には入れませんって」

本人からの申告を受けたので、額に手を当てさせてもらった――確かに熱い。

「風邪かなあ？」

「お咳《せき》は出てないよ。でも、お家《うち》でナニーさんと静かにしてなきゃならないって、パパが」

「ナニーさん?」

「パパが〝ナニーライン〟に僕とおするばんをしてくれる人を頼んだの」

それを言うならお留守番だ。

おそらく〝ナニーライン〟というのはベビーシッターのネットワークで、派遣されてくるシッターをナニーと呼ぶのだろう。

「ナニーさんがここにコウくんを迎えに来るんだね?」

「そうなの。それまでお利口にしていなきゃならないんだ、パパはお仕事だからね。ナニーさん、遅いよねえ? 前に一緒におするばんした人はおばさんだったけど、お絵描きが上手な人だったよ。本も読んでくれたの」

「それはいいね。今回はどんなナニーさんだろうね」

アイスクリームが運ばれてきた。

舟形の透明な容器で、二種類のアイスクリームにフィンガービスケットとバナナ、缶詰のさくらんぼが添えてある。

「さ、召し上がれ」

四角いアイスクリームスプーンを手渡そうとすると、子供は悲しげに首を横に振った。

「このスプン、コウくんは苦手」

先に尖《とが》りがない上に深さもないので、幼児の手には扱い難いのかもしれない。

「ね…おねえちゃん、あーんってしてくれない？」

「いいよ」

女性だと思われていると知ってしまったが、敢《あ》えてレイタは訂正しなかった。

長めの髪のサイドを後ろでくくった髪型にしろ、パンツにインしない白シャツにベージュのカーディガンを重ねた格好にしろ、男っぽくないという自覚はあった。

一昨日に泊めてもらった友人の恋人から借りた服だ。

いわゆる男らしさからは外れた顔立ちで、薄い身体つきのレイタにはレディスもののほうがしっくりくることが多い。

この状況において、このユニセックスな装いはいっそ正解だった。

体調が悪いのに父親に無視された子供の気持ちを想像すれば、母親や保育園の担任を思わせる相手のほうが懐きやすいはず。

そして、レイタはこの気の毒な〝コウくん〟を甘やかしてやりたかった。

「さ、あーんしてごらん」

アイスクリームを掬い、小さな口元にスプーンの先を近づける。子供が大きく口を開くと、そこにアイスクリームを滑らせた。

湿った三角形の舌先が可愛い。

「……おいし」

首を竦めて笑う。

再び口を開けたので、二匙目《さじめ》を掬った。

美味しそうに食べる幼児と向き合ううち、自然にレイタの頬も緩んでしまった。

(熱があるとき、アイスって美味《うま》いんだよね)

レイタが風邪を引いたときに母親は仕事を休んではくれなかったが、必ずアイスクリームは買ってきてくれた。

食欲がなくても、これを食べられるなら大丈夫だよとよく言っていた——栄養がある牛乳と卵が材料だから、と。上に『ラクト』とつく安価なアイスに、期待するほどの栄養価が存在したかどうかは分からないが……。

ふと視線を感じて目を向けたところ、くだんの父親がこちらを見ていた。

整いすぎた美貌は冷ややかだった。

くっきりしたアーモンド型の目が強い。

(……勝手にアイスなんて食べさせたから、怒ってる?)

レイタが危ぶんでいると、彼は微《かす》かに頷くことで礼を伝えてきた。

いやいや、大したことないですと首を横に振る。

おもむろに彼の表情が緩んだ。

きつい目元が和らぐと、幼い息子と本当にそっくりだった。子供の母親は夫を産んでしまったと苦笑いしたことだろう。

アイスクリームを食べ終わる頃、中年女性が病児を迎えに現れた。

名残惜しげな様子を見せる子供を家で遊ぼうと宥《なだ》めすかし、てきぱきとコートを着せつけた。

手慣れた様子はいかにもプロフェッショナルだ。

任せて安心。

別れ際、レイタは幼児の手をぎゅっと握った。

「コウくん、さよならだね。お熱が下がって、明日は保育園に行けるといいね」

「うん！」

仲良くなった幼児がベビーシッターと手を繋《つな》いでロビーを横切って行くのを見送ってから、

レイタもまたここを去ることにした。

（昼過ぎから、ダンスの代行レッスンを頼まれていたんだっけ）

くだんの美男すぎる父親は外国人を相手に熱弁中で、息子が無事にベビーシッターの手に渡

ったことを確認出来たのかどうか危うかった。

仕方がないので、スタッフに言伝《ことづて》した――『十一時ちょっと前に、コウくんはナニーさんと

帰りました』と。

＊＊＊

ぐでんぐでんに酔っ払った客を外堀通りまで連れて行き、摑まえたタクシーに乗せればいいと思って店を出てきた。

しかし、人形町《にんぎょうちょう》の不動産会社経営者はとんだタヌキ親父《おやじ》で、酔った振りをしていた。停《と》めたタクシーを前に、レイタも一緒に乗ってくれとごね出したから堪《たま》らない。

手を引っ張るだけで飽きたらず、分厚い手でむんずと腰を引き寄せようとしてくる。

「ママに言って来なかったし、そんな急に……」

身体を捻《ひね》る。

「電話すればいいだろ？」

「ごめんなさい、今日はダメなんです」

「それなら、いつならいいんだ？　明日か？　明後日《あさって》か？　オレはいつでもいいぞ」

伸びてきた手を押し退《の》けた——腰もダメだし、胸もダメだ。しかし、逃げれば逃げるほど躍起になるのは同じ男だからよく分かる。

（面倒だから、男だってバラしちゃおうか？）

相手はレイタを女だと思っている。

夜会巻きにした髪に厚めの化粧、ドレス着用で、しれっと女性を装って人手不足のラウンジにヘルプで入った。しとやかな仕草で酌をし、作った声でお世辞は言えても、アフターにつき合うことは出来ない。

とはいえ、にやにやと振り返って乗り込むのを待っているタクシーの運転手の目前で恥をかかせるのはどうかと思うし、それ以上に昔からの知人である店のママを窮地に陥れることも本意ではない。

「わたし、古いタイプなんで」

レイタは言った。

「まずデートして、お食事して……それからでないと」

ゆるゆると後ずさるも追ってくる。

「だから、それをしようって言ってるんだ。デートして、食事すればいいんだろ？　欲しいものがあれば買ってもいい」

身体が触れそうになり、また下がった。

「そんな、一晩で全部なんて無茶ですよぉ」

「無理じゃないぞ。わしを見くびってくれちゃ困るね、レイちゃん」

ウエストに腕が回った。

（げ！）

指が胸にかかる前に振り解《ほど》く――ここは、男としての力で。

そして、その瞬間に可能な限り後ろへ退いた。

「社長さん、ごめんなさいっ。とにかく今日はダメです」

「生理か?」

おっと、セクハラ発言。

「ご…ご想像にお任せしますっ」

叩きつけるように言い、レイタは財布とスマートフォンだけが入った小さなバッグを振り回しながら走り出す。

「おい、待て!」

まさか追ってくるとは思わなかったのに、ゴルフ焼けした赤黒い顔の五十男は追いかけてきた――なかなか速い。

「嘘《うそ》でしょ?」

捕まるかもしれないと危ぶみ、そこでヒールを脱ぎ捨てた。

点滅し、赤信号に変わる寸前の横断歩道を走り抜ける。

渡りきったところで一息吐《つ》こうと後ろを振り返ると、赤信号の横断歩道を前にそこにいろと怒鳴る男の姿を見た。

それを遮るように、銀のレクサスが横切った。

左折するかと思いきや、レイタの少し前に停車した。

窓がするすると開いて、びっくりするほど整った男の顔が現れた――左ハンドルだ。

「大丈夫かい？」

見覚えがあると思ったが、誰とはすぐに分からなかった。

しかし、大丈夫だと答えられる状況でもない。信号が変わるのを待たずに、五十男は今にも交差点を渡って来ようとしている。

「乗りなさい」

レイタは頷き、後部座席に転がるようにして乗り込んだ。

ドアを閉めるや否や、自動車が発進する。

「どこまで行けばいい？」

その問いに即答は出来なかった。

まだ十一時前。店に戻ってもいいが、あの男も戻りそうな気がどうもする。

いくらママに世話になったことがあるとはいえ、男の自分が女装してヘルプに入るなんて無理があった。

「……電車に乗れるところなら、どこでも」

「とりあえず、銀座《ぎんざ》から離れよう」

ネオンを後ろへ流すようにして日比谷《ひびや》へと向かった。

桜田門《さくらだもん》の近くで尋ねられた。

「家はどこ？　そう遠くないなら送ってあげるよ」

「ええ…と、六本木《ろっぽんぎ》か青山《あおやま》ですけど……もし通り道なら新宿《しんじゅく》でも」

「家が複数あるの？」

「自分ちじゃないんです。基本的に友人二人のどっちかに泊めて貰ってて、ダメなときはネカフェに……――」

説明している間にハッと気づいた。

運転席にいるこの男には会ったことがある――そうだ、二か月ほど前にホテルで。

発熱している小さな男の子に背を向けて、外国人との商談に勤《いそ》しんでいたあの美男すぎる父親だ。

なんという偶然だろう。

驚きを飲み込んでから、レイタは一応確認を入れた。

「あの…〝ゴウくん〟のパパですよね？」

「え？」

ルームミラーでレイタをチラ見し、男は首を捻った。

「失礼ですが、お子さんが同じ保育園ですか？　お名前は？」

レイタはピンを抜き取り、結い上げていた髪の毛を解放した。手の甲で濃すぎる口紅を拭ってみせる。

「……男か」

呟《つぶや》くのが聞こえたが、それは単なる事実を口にしただけ――驚きも嘲りも憤りも籠もっていなかった。

「僕のこと、覚えていませんか？　春先に、新宿のホテルで……――」

一呼吸分の沈黙の後、彼は唸《うな》るように「ああ」と声を漏らした。

「確か…『ザ・コネクト』のレイタくんだったよね。驚いたな、また会えるなんて」

「僕のこと、ご存じでしたか」

パフォーマンス集団『ザ・コネクト』のデビューは十二年前だ。

当時メンバーは平均年齢十五歳で、男子七人の編成。十四歳だったレイタは、後列右端でダンスとコーラスを担当していた。

ブレイク後の三年くらいは歌番組やＣＭに出ていたから、名前を知られていても不思議はない。ただ、当時と二十代半ばを過ぎた今の姿が重ならない人も少なくないだろう。

「いや、失礼。ぜんぜん知らなかったんだ。あのときは宏哉《こうや》の面倒を見てくれて本当に助かったよ、大事な取り引きがあったんでね。お礼をしたいと思っていたのに、きみは先に帰ってしまって……メモを渡してくれたスタッフに聞いたところ、芸能人だって教えてくれてね」

ならば、あの女性スタッフのつんつんつんっぷりはホストに対する偏見や嫌悪ではなく、落ちぶれた芸能人に対する失望だったのだ。

「もう芸能人ではないですよ」

「辞めたんだってね。あちこちに問い合わせたけど、連絡先はとうとう分からなかった。今どうしているの？　きみに仕事を依頼したくて、探しているって人とも話したよ」

レイタはゆるゆると首を横に振った——忘れられていないと知ったのは嬉《うれ》しくないこともなかったが、あの業界に戻りたいとは思っていない。

レイタの居場所だったグループはもうないのだ。

解散が決まったとき、レイタの両性具有的な容姿と演技力を買ってくれた人たちからの誘いはいくつかあったが、全てお断りしてしまった。

自分一人で芸能界を泳いでいく気持ちにはなれなかったからだ。

今後は何をして生きていこうと考えることは億劫《おっくう》だった。自分のことは何も決めず、それでいて不思議と不安も抱かないまま、いつも一緒にいた家族とも思っていたメンバーたちがそれぞれの将来に向かって歩み始めるのを見送った。

あれから二年、メンバー七人のうち、レイタだけがまだ立ち止まっている。

何度目かの再婚が続いている母親の元に帰る気にもなれず、友人や先輩をあてにしながらの日暮らしだ。

「もしかして、きみは女の子になりたい人だ？」

こんな格好ゆえにそう思われても仕方がないと思いながら、そこはちゃんと否定した——自分の性自認は男だ、と。

「人手が足りないって泣きつかれて、今日はちょっとヘルプに入っただけなんです。化粧しちゃえば、まぁ男だとはバレないんで……ママやチイママとかにドレスアップさせられました」

「着せ替え人形にされたんだね」

「まあ、そんなところです。距離感ある接待を心懸けていたつもりだったのに、変なオッサンに執着されてしまったのは僕の落ち度です」

「なに、クールぶってる美人こそ男としては落としたいもんだよ。実際、スタイルのいい美人に見えたし。そうじゃなきゃ、オレだって車を停めたりしないさ」

「アハ、褒められちゃった」

　レイタは笑ってみせつつ、肩を竦めた。

「だけど、女装での接客業は懲り懲りです。今後はＮＧにしますよ」

「もしかして、仕事を探しているの？　オレの会社で働いてみる？」

　初対面も同然なのに、気軽な誘いだ――この軽さは、決定権を持つ者の余裕だろうか。

「無理ですよ。僕、中卒なんです。元芸能人ってだけで運転免許くらいしか資格も持ってないし、きっと全然使えないです。ぶっちゃけ、パソコンもろくに触ったことがないんですから」

「使えるか使えないかは、使ってみないとね。パソコンの操作はこれから覚えればいい」

　青山に向かうよ、と男はハンドルを切った。

「コウくんは元気ですか？」

「お陰さまで。年中クラスに上がってから、なにやらお兄さんぶる……――」

男の携帯の着信が鳴った。

近年ではもう着メロを設定している人は珍しい。しかも、流れてきたのは人気幼児番組のオープニング・マーチだった。

彼に子供がいることは分かっていても、このスタイリッシュな外見にはそぐわない。思わず笑ってしまいそうになった。

「ちょっと停めるよ」

男は自動車を歩道に寄せてから、着信に応じた。

「もしもし……佳奈《かな》ちゃんか、どうかした？」

やりとりの一方しか聞くことが出来ないので内容は察しきれなかったが、彼の表情が曇ったことでレイタは深刻さを嗅ぎ取った。

会話を終えてスマートフォンを助手席に投げた男に問いかけた。

「なにかありました？」

「息子が腹痛らしい」

「コウくんが？」

「いや、宏哉じゃない。亮《りょう》だ。小学校の一年生。上の娘がいないらしいから、すぐに帰ってやらないと……すまないが、送れなくなってしまった。家は文京区《ぶんきょう》で、通り道ではないんでね」

「そんなの構いませんよ。早く帰ってあげてください。もうここで大丈夫ですから。ワンブロックも行けば赤坂《あかさか》ですし」

レイタはさっさと後部扉を開けた。

「礼が全然果たせていないな」

苦い顔をする男に微笑みかける。

「お礼なんていいですよ。オッサンに追われているのを助けてもらったし。そう…縁があるなら、きっとまた会えるんじゃないかな。そのときにでも」

土地勘のある場所だったので、レイタはすぐに歩き出した。

しかし、Uターンするかと思った自動車が追いかけてくる。少し先で停車し、運転席の窓から憮然《ぶぜん》とした表情で男が顔を出した。

「レイタくん、靴は？　なぜ履いていない？」

「ああ、あの追いかけっこのときに脱いじゃったんで……でも、別にどうってことないですよ。砂利道でもないし、僕は気にしないです。夜だから、誰も気づかないでしょう」

「気づかないわけないよ。ミニドレス着たぞろっと足の長い美人が裸足なんて、誰もがなんだと思って見るだろう」

「そうかなあ」

「このまま帰すわけにはいかない。とりあえず、一緒に家に来て貰ってもいい？　時間ある?」

「ありますよ」

時間は、有り余るほどに。

「乗って」

言われるがままに再び後部座席に乗り込んだのは、まだ名前も聞いていない男への興味があったからかもしれない。

それに、あの可愛い彼の息子にもまた会いたかった。

レイタを乗せると、自動車は間もなく右折した。

子供が心配で少しでも早く到着したいのか、果敢に抜け道を行く運転はやや荒っぽい。

「ご自宅訪問をする前に、お名前を聞いても?」

「ああ、言ってなかったか」

男は島崎《しまざき》と名乗った。

そして、次に信号で停まったとき、名刺をくれた。

『島崎成司《せいじ》』

ずらりと並べられた幾つもの肩書きはピンと来なかったが、彼が経済人としてひとかどの人物であることは窺《うかが》い知れた。

(CIMAグループってのは知ってるけど、そこのお偉いさんってこと?)

レイタとは別世界の人間である。

（名前で検索したら、経歴とか出身とかいろいろ出てくるんだろうな）

後で調べてみようと思いながら、レイタは携えてきたキラキラのビーズバッグに貰った名刺をさくっと仕舞った。

東京《とうきょう》ドームや後楽園《こうらくえん》を通り、本郷《ほんごう》三丁目の地下鉄の駅表示を目にしてから、自動車は細い道へと入った。

新しい大型マンションが目立つ大通り沿いとは違い、比較的低層の住宅が軒を連ねる閑静なエリアである。

辺りを見回す間もなく、自動車はとあるシャッターの前でスピードを落とした。

感知式なのか、レイタが気づかないうちに島崎がリモコンを操作したのか、シャッターが上へゆっくりと巻き上がっていく……。

開かれたガレージに向け、自動車はバックでスムーズに入った。

「こっちだよ」

島崎の後について横の扉を潜《くぐ》っていく。

感応式で灯《あか》りが点《とも》るようになっている短い通路は、ガレージとは違う方角を向いた玄関へと繋がっていた。

広めのたたきはカラフルに散らかっていた。

補助輪付き自転車やスケーター、サッカーボール、砂場セットの存在は子供のいる家のそれだ。脱いだままで放置されている何組もの小さな運動靴に、開けっ放しのシューズロッカーの扉に掛かっている何本かの子供用の傘……。

レイタには既視感がある微笑ましい光景だったが、しゃがみ込み、子供たちの靴をてきぱきと揃《そろ》えていく島崎の姿には違和感を禁じ得なかった。

どうにもスタイリッシュで、子持ちの中年男には見えないからだ。

「スリッパ、これを履いて」

ネクタイを緩めながら廊下を歩いていく島崎の後をついていく。突き当たりの格子扉からは灯りが溢《あふ》れていた。

「ただいま」

「あ、パパ！」

左奥のソファセットに小学校低学年くらいの子供が二人。一人は毛布にくるまってソファの上に寝そべり、もう一人はソファ下に座っていた。

ソファ下にいたパジャマ姿の女の子が島崎に飛びついてきた。

「パパ、大変なの。亮ちゃんがお腹《なか》痛いって、さっきからずっとなの」

島崎はよしよしと小さな頭を撫《な》でた。

「麻里《まり》は帰ってないのか」

「お夕飯を食べてから、オトモダチと話があるからって出かけちゃった」

「亮、大丈夫か？」

毛布から少し顔を出し、男の子が首を左右に振った——顔は青ざめているのに、額には脂汗が滲《にじ》んでいる。

島崎は傍らに跪《ひざまず》くと、毛布を剝いで腹部のどこが痛むのか尋ねた。

「わ…かんないよっ、とにかく痛ぇの」

「いつからだ？」

「昨日…ううん、その前からちくちくしてた。でも、痛くないときもあったから、言わなかったけど」

レイタも近寄って行き、男の子の鳩尾《みぞおち》に触れた。

「最初、ここらへんが痛かったんじゃない？」

「う…うん、そうだったかも」

「今はここだよね？」

男の子の右脇腹は強張《こわば》っていた。

「そう、そこ…——い、痛いっ」

「島崎さん、これってたぶん盲腸だと思うよ。僕もなったことあるから……この子、結構我慢強いタイプでしょ？」

すぐ後ろに立っていた女の子が聞いてきた。

「盲腸ってなあに？　すごい病気じゃないよね？　死んじゃったりしないよね？」

「大丈夫、お医者さんがよく知っている病気だよ」

レイタは答えた。

「何日か病院に泊まるかもしれないけど、ちゃんと手当てして貰えばすぐによくなるから」

「パパ、亮ちゃんを早くお医者さんに連れてってあげて！」

「そうだな、急いだほうがいいな」

島崎は時計を見た。

「佳奈も行く」

「ダメだ」

父親はすげなく娘の申し出を却下した。

「佳奈ちゃんはとっくに寝ている時間だぞ。コウは部屋で寝てるんだろ？　あの子を一人にするわけにはいかないから、家にいて貰わないとな。お姉ちゃんを待っていなさい」

「すぐ戻ってくる？」

心細い思いで、痛がる兄弟に寄り添っていた少女の目は涙でいっぱいだ。

「夜の病院だからな、すぐってわけには……――」

気休めを口に出来ず、島崎の眉間には縦皺が寄る。

レイタは助け船を出した。

「僕が留守番役をしますよ。お姉ちゃんが帰ってくるまで、ここで佳奈ちゃんと待っています。佳奈ちゃん、大人が一緒ならいいよね?」

状況が飲み込めているのだろう、佳奈はしぶしぶ頷いた。

「僕はレイタ。コウくんのオトモダチで、パパとも知り合いなんだよ」

「そうなのね」

小さい娘が納得したと見るや、島崎はぼやぼやしていなかった。

「病院に行くぞ、亮」

「う、うん」

起きようとしたのを制し、毛布ごと息子を抱き上げた。

「レイタくん、重ね重ね申し訳ない。お礼どころか迷惑をかけるな。出来れば、オレが戻るまでここに居てほしい」

「了解です」

レイタと佳奈はガレージまでついて行き、夜間診療をしている病院に向かう自動車を見送った。

「……行っちゃったね」

「うん」

少し涙ぐんでいる佳奈を抱き上げて、レイタは再びリヴィングのソファへと戻った。

男の子が寝そべっていたソファには沢山のぬいぐるみが持ち込まれ、ローテーブルの上には数種類の菓子や飲み物が手つかずのまま置いてあった。

父親や姉が戻るまでの数時間、この小さな女の子が腹痛を訴える兄弟を必死に慰めようとした跡だった。

「佳奈ちゃん、大変だったね。でも、パパが亮くんを病院に連れてってくれたから、もう大丈夫だよ」

可愛いつむじに向かって労《ねぎら》うと、佳奈はこっくりと頷いた。

「亮ちゃん、お腹痛いの治るよね？」

「治るよ」

「死んじゃったりしないよね？」

「しないよ」

佳奈は涙だらけの目をレイタに向け、くるんとカールした長い睫毛を震わせた。

「……ねえ、男の人だよね？　なのに、どうして女の人の格好をしているの？」

当然の質問である。

しかし、レイタはどう答えたものかと迷い、質問に質問で返した——どうしてだと思う、と。

「わかんない」

「変かな？」

「変……――」

言いかけたものの、空気が読める少女はそこで止めた。

「似合うから、別にいいと思うよ。それに、レイちゃんはお花みたいにいい匂いがするし」

「好きな匂い？」

「うん、大好き」

佳奈はレイタの胸に頬を擦りつけ、そのまま膝の上に留《とど》まった。

アニメのＤＶＤを観《み》たいと言い出したので、二人でジュースを飲みながら鑑賞した。落ち着くまではと思い、すぐにベッドに行こうとは誘わなかった。

しばらくすると、佳奈はうとうとし始めた――安心したらしい。

眠った子供は重たかったが、幼い生き物特有の甘ったるい匂いを慕わしく思った。

その温かく、浅い寝息に耳を傾けながら、レイタは実家にいたときのことを思い出していた。

レイタは母親の一番上の子供だ。

父と呼ばねばならなかった男たちを好ましく思えなくても、母親が産んだ弟妹はみんな可愛かった。世話をするのはあまりにも当然で、同級生と遊べなくても気にならなかった。

食事をさせ、風呂に入れ、寝かしつける。

それが上京するまでのレイタの生活のほぼ全てだった。

芸能人として過ごした十年間はいっそ夢のようで、それ以前の家族と暮らしていた頃のほうが生々しい現実だ。

容姿はよく褒められたが、どちらかと言うと大人しい子供だった。成績はパッとせず、スポーツもそこそこ。

習っていたヒップホップ・ダンスのステージ上では少し目立っていたのかもしれないが、事務所のスカウトマンがあの頃のレイタのどこにタレントとしての可能性を見たのかは今もって分からない。

佳奈の寝息が規則的になり、もう完全に寝たなと思ったとき、リヴィングの扉ががちゃりと開いた。

長い手足にまだあどけない顔立ちがどこかアンバランスな、ローティーンと思われる女の子がそこに現れた。

「遅くなっ……——え、誰？」

訝《いぶか》しげにレイタを見つめてくる。

たぶん、彼女が麻里だ——この家の一番上の子供で〝お姉ちゃん〟と呼ばれている女の子。

レイタは唇に人差し指を立て、大声を出さないようにと仕草で頼んだ。特に客観的にならなくても、自分が彼女に怪しまれて当然なのは承知している。

　このくらいの年齢になれば、レイタが着用している派手なドレスが接客業のものだというのは分かるだろうし、そんな素性の知れない人間が小さな自分の妹を膝に抱いて自宅のソファにいることに警戒しないわけはない。

　レイタは小声で言った。

「佳奈ちゃんを布団に入れたいんだけど、寝かせる部屋はどこか教えて。運ぶから」

　麻里はすぐに返事をせずにレイタを見つめていたが、やがて分かったと頷いた。

「子供部屋は二階だよ。こっち、ついてきて」

　麻里に従い、佳奈を抱えて二階に向かった。

　広めの子供部屋にはベッドが三台並べてあった。うちの一台でぬいぐるみに囲まれて眠っているのは宏哉だ。

　麻里がピンクの掛け布団を捲ると、レイタは佳奈をそっと下ろした。

「……おやすみ、佳奈ちゃん」

　布団を掛け、乱れた髪をそっと撫でた。

　その様子を麻里に観察されているのを感じながらも、レイタは宏哉のベッドにも立ち寄り、布団から出ていた手を中へ入れてやった。

　幼児らしい丸みのある頬が桃のようだ。指でそっと突っついてみずにはいられなかった。

　リヴィングに戻ると、麻里はストレートに聞いてきた。

「あんた、パパの彼女？　ついに自宅に上がり込んで、まずはうちの小さい人たちを手懐《てなず》けようって魂胆？」

「い…いや、違う。違うよ」

即座に否定したものの、島崎とレイタの関係は恋人どころかまだ知人とも言い切れない。どこから説明したものか。

ええい、ままよとばかりに告白する。

「僕、男だよ」

「え？」

レイタはドレスの襟ぐりに手を突っ込んで、ブラジャーのカップに詰めていたパッドを四つ取り出した。

「はい、贋《にせ》おっぱい」

ぷにぷにと弾力性のあるそれを麻里に手渡した。

「マ…マジかぁ」

父親の恋人ではないと分かると、麻里の警戒は目に見えて弱まった。改めて、まじまじとレイタの顔を見つめてくる。

「そうだと思ってみれば、男の人の顔よね……あれれ？　なんか、見たことあるような」

「ないない」

グループの全盛期はデビューから二年で、三年目にはもう頻繁にはテレビに出なくなった。それにしても九年以上前のことで、麻里はまだ物心もついていなかっただろう。

しかし、驚くべきことに、彼女の口からかつての所属グループの名がするりと出た。

「『ザ・コネクト』のメンバーだよね？『ゲット・ファイアード』のMVでは、最初のサビ前まで後列右で踊ってた」

起死回生を狙い、最後の一年にリリースした曲である。

とあるドラマのオープニング曲だったが、CDは期待通りには売れなかった。主演俳優が不祥事を起こし、ドラマ自体も四話で打ち切りになってしまったという運の悪さによる。

ただミュージック・ビデオは動画配信サイトで地味に再生数を稼ぎ続けた。

アメリカでブレイクしていたボーイズグループに寄せたダンスと構成が、一部のダンス好きの注目を集めたからだ。

「わたし、ダンス部なんだ。去年の秋の文化祭で踊ったよ」

「へえ、そうなの」

「何度も動画見たし、二番目に上手《うま》かったから覚えてる」

そう、レイタは二番目。

それを悔しいと思ったことはない。家族とも思うメンバーと競うつもりはなかった。

演技も二番目の評価で、歌は下手なほうから二番目だった。

身長はほぼ世間的平均値の百七十二センチで、顔立ちはグループで一番整っていると言われた。ただし、小さく整いすぎて舞台映えはしない。

話術能力はないのでバラエティでは使えないと言われた。

それが『ザ・コネクト』でのレイタの立ち位置だった。

「だいぶ昔の話だよ。グループは解散したし、僕はもう芸能の仕事はしてないしね」

「確か、レイタっていうんだよね？　顧問の先生が言ってたよ、昔ファンだったんだって。そんな人がなんで女装でうちなんかにいるの？」

レイタを既知の人物として把握したからか、麻里に話を聞くだけの余裕が見えた。

それを見越して、レイタは宏哉との出会いからはじめ、島崎との思いがけない再会と腹痛を訴えた亮のこと、留守番を買って出た経緯を語った。

「うわ、救急病院に？　そう言われてみると、夕飯はあまり食べてなかったな」

「たぶん盲腸だと思うよ。かなり痛がっていたから、もう薬で散らすのは無理かもしれない。手術・入院ってなるんじゃないかな」

「ずっと痛いの我慢していたのかな。わたし、気づいてあげられなかった」

切なそうな顔をする麻里が痛ましくて、レイタは子供は急に具合が悪くなるもんだよと慰めた――この家に母親の存在がないことはもう察していた。

多忙な父親の補佐を彼女が担っていることも想像がつく。

「麻里ちゃんは中学生？」

「うん、三年だよ」

「今どきの中学生はお化粧ってするのかな。クレンジングを持ってない？　僕、ファンデーションを落としたくて……ないなら、石鹸《せっけん》で落とすまでだけど」

「石鹸じゃ無理でしょ。クレンジング、持ってくるね。拭き取りのやつでいい？　あと、着替えも欲しいよね。わたしのだぼっとしたヤツなら着られるかな」

「パパのでいいよ」

「パパのは…うーん、オススメは出来ない」

「大きかったら捲《まく》ればいいし、サイズの違いは気にしないよ？」

　麻里は自分の部屋があるらしい二階に行き、クレンジングと着替えを手に戻ってきた。

「パパのでいいのに」

「じゃ、パパのを出すね」

　リヴィングの続きにある主寝室から麻里が持ってきたのは、よれよれの襟ぐりが伸びきったTシャツと膝に穴があるスウェットだった。

「うわ、なんだか年季が入ってるね」

　これをあの美男が日常的に着ているというのだろうか。

　とても信じられなかった。

麻里が情けなさそうに言う。

「こんなのばっかりだよ、タンスにあるの。着たくないでしょ」

「う…ん、下はこっちにするけど、シャツは麻里ちゃんのを着ようかな」

借りる立場ではあるが、透けそうなほど薄くなってしまったメンズのTシャツよりも、デカと向日葵《ひまわり》が描いてあるピンク色のビッグシャツのほうが気分良く着れそうだ。

「うちのパパってさ、見えないところのお洒落《しゃれ》は無駄だって考えなんだ。ケチなんだよ。パンツはもっと酷《ひど》い状態だから、未開封のやつを持ってきたよ」

はいと手渡された未開封の下着は大手スーパーの自社商品だった。

穿《は》き心地は悪くないとしても、仕立てのいいブランドスーツとは不釣り合いだ。

「麻里ちゃん、安心していいんじゃない？　今は恋人を作る気ないよ、パパ」

「こんなパンツ穿いてるようじゃ、大丈夫って？　でもね、パパのそういうギャップに惹《ひ》かれてママは結婚したみたいだから、大人の女って分かんないよ」

「堅実って思っちゃうのかな？」

よれよれのシャツを畳み直しながらレイタは首を捻る――堅実というよりは、バランス感覚のなさとある種の意固地さを感じる。

「ま…ね、下着に凝りすぎる男も気持ち悪いけどね」

「買い換え時が分かってない男を可愛いとか思って、世話してあげたくなるのかもよ。ママの気持ちはもう聞けないんだけど。二年前に死んじゃったから」

「そうなんだ」

重くも軽くもなく受け止めただけのレイタに、麻里は続けて言った。

「パパはパッと見にはイケだからモテそうだけど、再婚とかは考えてほしくないの。わたしたちのママは死んだママだけでいい」

「でも、麻里ちゃんが大変じゃないの？　コウくんなんてまだ四歳でしょ」

「変な女の人が家に入ってくるよりは、わたしが大変なほうがいい。自分が産んだ子じゃない

からって虐《いじ》める人もいるでしょ。いわゆる意地悪な継母《ままはは》ってやつ」

「それは…そういうこともあるかもね」

否定は出来ない。

事実、レイタをあからさまに疎んじた義父がいた。

母親が留守のときには罵られたり、小突かれたりしたものだ。血の繋がらない息子の分の生

活費は出したくないと口にした男もいた。

「うちは父一人子四人でやっていくの。子供のうち三人は血が繋がっていなくて、パパには悪

いような気もするんだけど」

「そうなんだ」

レイタは受け止めただけだったが、麻里は自分から話してくれた――秘密ではないから、と。

「わたしと双子《ふたご》はママの連れ子なんだ。さらに、双子は事故で亡くなったママの兄夫婦の子供なの。だから、パパの実子はコウくんだけ」

納得がいった。ヤンキーと呼ばれる人種を除けば、島崎くらいの年齢で中学三年生の子供がいるという男はそう多くない。

先にどうぞと言われ、レイタが先にシャワーを使った。

リヴィングに戻ったとき、麻里は大きめのエコバッグに荷物を詰めているところだった。

「パパから連絡があって、亮は盲腸の手術をしたそうよ。一週間くらい入院することになるみたい。亮が眠ったら、荷物を取りに一旦戻ってくるって」

もう時計は深夜一時を回っていた。

あくびをする麻里に言う。

「麻里ちゃん、シャワーしたらもう寝たほうがいいよ。パパが戻ってきたら、この荷物を渡しとくから」

「でも、明日からのことをパパと話さなきゃ」

麻里がバスルームにいる間、レイタはキッチンのシンクに溜まっていた汚れた食器を洗った。

リヴィングの床に転がっているオモチャを拾い、とりあえず隅に寄せた。

濡《ぬ》れ髪をタオルドライする麻里とハーブティを飲んでいたとき、島崎が帰ってきた。

「ただいま」

「お疲れさまです」

「ああ、レイタくん。お礼どころか留守番させてしまって、すまなかったね」

「いえいえ」

すっかり寛《くつろ》いだ様子のレイタを見て少しだけ笑ったが、彼自身はさすがに疲れきった顔をしていた。

目の周りには疲労の色が濃い。

(疲れていても、美男は美男なんだな)

思えば、こんな至近のまともな角度で島崎を眺めたのは初めてだ。

無防備なさまがまた胸に迫る。

外ではひたすらクールなビジネスマンを装《よそお》いながら、家に帰れば島崎は四人もの子供を抱えるシングル・ファーザーというギャップがすごい。

家事も子育てもイメージにないが、妻亡き今は彼がやるしかない。

(さっさと再婚したほうがいいんじゃないかな)

しかし、思春期の娘がいてはそう簡単にはいかないだろう。

「パパも一息吐きなよ。ねえ、何か飲む?」

「それは何だ?」

「ミント・ティ」

「ああ、歯磨き粉の味のお茶か」

「その言い方しなくても……じゃ、パパが好きな昆布茶入れたげるね」

ネクタイを緩めながら、島崎はどっかりとソファに座った。

「亮くん、どんなです?」

レイタの問いに首を竦めた。

「腹膜炎を起こしかけてた。あいつ、かなり我慢してたんだな」

「入院は一週間くらい?」

「早けりゃ五日で退院だそうだ」

ぼーっとしているのが苦手なのか、島崎は早速バッグを引き寄せ、娘が詰めた入院グッズをチェックした。着替えにタオル、洗面用具……。

追加で、携帯ゲームを上に載せた。

「ゲーム解禁にするの?」

昆布茶を運んできた麻里が問うのに、不本意な様子で頷いた——小一男児をじっとさせておくにはこれを渡すしかない、と。

昆布茶を一口啜《すす》り、島崎は長い溜息を吐いた。

胃に染み渡る酸味と塩分に感じ入っているのかと思いきや、困ったことになったと切り出してきた。

「困ったこと？」

　首を傾げて、麻里が先を促す。

「明日から、北海道《ほっかいどう》に行かなければならなくなった。不測の事態が起きたんだ。少なくても三、四日かかると思う」

「あらら…こんなときに。重なるもんよね。でも、家のことは大丈夫だよ。心配しなくても、わたしがやれるから」

　中学生ながら、娘は戦力として立派に名乗りを上げた。そのポジションは実家にいた頃のレイタと被《かぶ》る。

「そういうわけにはいかないだろ。今回は家と亮の病院との行ったり来たりになる。オレが戻るまでは、山本《やまもと》さんに寝泊まりして貰うようにしないとな」

「山本さんは嫌よ。絶対反対！」

　強く主張して、麻里がドンと拳でテーブルを叩いた。

「元小学校教師だからってパパは安心なのかもしれないけど、あのおばあちゃんの教育方針は時代に合わないのよ。厳しすぎ。佳奈は怖がっているし、亮に平手打ちしたこともあったのよ。もう来て貰いたくないって前に言ったよね？」

「しかし、他に頼める人はいないじゃないか。お前は家政婦さんを片っ端から追い出すし、亮は手に負えないと何件かのベビーシッター会社からお断りされちまってるからな」

「だから、パパが留守の間はわたしが責任を持ってチビさんたちを守るよ。義務教育だもの、学校なんて休んだってどうってことないんだから」

しれっと言ってのける娘を、父親は厳しい声で一喝した——そういうわけにいくか、と。

「だいたい麻里は受験生だろうが。学校は休むな、塾もサボるな。そもそも親には子供を学校に通わせる義務があるんだ」

「家族のピンチだよ、義務なんてクソ喰《く》らえよ」

「たとえ家族のピンチだろうと、お前はまだ子供なんだ。判断が甘い。今夜だって、夕飯後に出かけて十一時過ぎまで帰らないなんて、自分の身を守るための行動が出来ていなかった」

「だーかーら、それについては謝ったじゃない。もう絶対にしない。学校では出来ない相談があったの。友だちは大事にするものでしょ」

父と娘はきつく睨《にら》み合う。

(うわ、親子ウォーズ勃発!)

どちらもきっと悪くない。

レイタが間に入ったものかとおろおろしていると、掛く階段を降りる足音が聞こえてきた。

廊下を通り、リヴィングに近づいてくる。

扉ががちゃりと開いた。

「あ、コウくん」

うさぎのぬいぐるみの耳二本をまとめ持ちした四歳男児が現れた。

目を擦《こす》りながら言う。

「……もう朝ですかぁ？」

父も姉もまったく彼を振り向かない。

「まだぜんぜん夜よ」

「トイレに行って、ベッドに戻りなさい」

幼子には目もくれず、お互いを睨みつけている二人——麻里のほうはともかくとして、クールな印象の島崎もいささか感情的になっている。

血の繋がりはないと聞いたが、二人の譲らないぞという態度は似たもの父娘だ。

宏哉は素直に「わかったぁ」と言ったものの、レイタの存在に気づいて「あっ」と声を上げた。

「おねえちゃんだ！　前に、アイクスリーム一緒に食べたよね。そうだよね？　やっとコウくんに会いに来てくれたの？」

すかさず姉と父の突っ込みがくる。

「それを言うなら、アイスクリームよ」

「その人はおにいちゃんだぞ」

宏哉は小首を傾げた。

「おに…ちゃん？」

レイタが着用しているピンクのTシャツが麻里からの借り物だということもあってか、宏哉はレイタを男だと認識出来ない。

混乱させてしまっているなと思いながら、レイタは自分でフォローした。

「レイちゃんだよ。コウくん、久しぶりだね」

とりあえず、性別の件は後回し。

「レイちゃーん」

宏哉が抱きついてきた。

その短い腕に放したくないとでもいうような力を感じ、レイタはそのまま宏哉を抱き上げた。

「コウくん、レイちゃんと一緒に寝よっか」

父と姉のバトルをこの小さな男の子に見せ続けようとは思わなかった。

「うん、レイちゃんと寝る。コウくんのベッドを半分ずっこね」

「半分にしてくれんの？」

「うん！」

小さな宏哉を抱いて、レイタは階段を上った。

子供部屋では佳奈がぐっすりと眠っていた。

宏哉のベッドは大人が添い寝をするには狭かったが、幼児を寝かせるには添い寝が手っ取り早いのは分かっていた。レイタは身体をくの字にして宏哉の傍らに横たわった。

「……パパとお姉ちゃん、ケンカしてたね？」

宏哉がにじにじと身を寄せてきた。

少し不安そうな様子が見えたので、レイタは自分の顎の下に宏哉を引き入れた。

「大丈夫だよ。言いたいこと言い合ったら、二人はちゃんと仲直りするからね」

「仲良しなんだよね？」

「仲良しだよ」

「僕、仲良しがいいんだぁ」

「だよね」

額から瞼の上まで撫で、目を瞑《つむ》らせた——何度も何度も。

くすぐったがっていた宏哉の呼吸がだんだん規則的になっていく……それを耳に、レイタもまた目を瞑った。

こんなに早い時間に寝たことはあまりないが、幼い子供の温《ぬく》もりと甘い匂いが神経を急速に鈍らせる。

(知らない人の家で寝ちゃうなんて……ちょっと、まずくないかな？)

けれども、胸の中にいる子供がレイタを必要としていた。

誰かに必要とされ、人は初めて自分の存在を肯定的に捉えることが出来るのかもしれない。

万単位のファンに求められた過去はあっても、今夜分かりやすくたった一人のために存在するのも悪くない。

「……だって、コウくんは可愛いからさ」

自分で思っているよりも、レイタは誰かに必要とされることに飢えていたのかもしれない。

＊

他人の家に関わりすぎることに躊躇《ためら》いを覚えつつも、レイタがこの家の留守を預かると申し出たとき、子供たち三人はそれがいいと歓声を上げた。

しかし、父親は片方の眉を吊《つ》り上げた――いいわけないだろ、と。

「こんな若い男を女子中学生と一緒に出来るかっ」

それは父親として当然のセリフだったが、レイタとしては心外だった。

（僕はロリコンじゃないんだけど？）

少女を性対象として見たことは一度もないし、これまでつき合いがあったのは年上の女性ばかりだ。

中学生に手を出す可能性があると断定されたわけではないにせよ、レイタ個人に着目することなく、保守的かつ一般的意見を当然のように口にした島崎への反発心がふつふつと湧いた。

反抗期の麻里に同調したのか、いつもなら聞き流せる話がそうは出来なかった。とにかく、島崎のような美男の外見で、その辺の父親が言うようなことを口にしてほしくないと思ったのだ。

衝動的にレイタは動いていた。

テーブルを回って向かい側に座っていた島崎の傍らに立ち、いきなりその頭を抱え込んで口づけた——チュッ、と。

それだけではない。

唇をぺろっと舐め、挑発的に言ってのけた。

「ご心配なく。どっちかというと、僕はこっち側の人ですから」

カメラがあるとすれば、島崎の右肩後方にいる佳奈の目がそれだった——彼女はレイタが作ったプレーンオムレツを食べていたが、今は顔を上げてこちらを見ている。

それを意識しつつ、レイタは高慢に顎を斜めに上げ、下目遣いで島崎を覗き込んだ。

島崎の濃い瞳にエロティックを装った自分が映っていた。

(——『カーット!』)

ドラマの現場なら、そう声がかかるところだ。

「おい、なにをする?」

島崎はじろりと睨んできたが、意外なことに声色に動揺はなかった。こういう不測の事態に馴《な》れているのだろうか。

彼は続けた。

「で？」

次はどうするんだ、と。

動揺したのはレイタのほうだ――その先の演技プランなんか、ない。ただ島崎を困惑させたかっただけなのだ。

（こ…この人、結構悪いんじゃ…――）

決して自分からは仕掛けることなく、相手に行動させるのみ。

そんな技をレイタは用いたことはないが、その意図はおよそ分かる。あくまでも自分はつき合っているだけで、お前の一人芝居だと突き放せる立ち位置をキープするわけだ。

瞳の奥でレイタを捉えながら、彼は口元にさっきのレイタ以上の高慢な笑みを浮かべる。

「つまらない冗談は止《や》めることだな」

「……ごめんなさい」

口惜しさを噛《か》み締めながら、レイタは謝った。

「レイちゃん、パパと仲良しなのね」

大人たちの攻防を察することなく、溜息混じりに言ったのは佳奈だった。

「佳奈は亮ちゃんやコウくんにちゅってすることあるけど、どんなに仲良しでも大人の男同士はしないって思ってたわ」

「仲良し！」

宏哉が手を叩いて喜んだ。

「みんな仲良しがいいの」

そこへ麻里も被せた。

「そうね、仲良しがいいよね。その上レイちゃんは料理も上手だし、家にもっと泊まってくれたらいいと思わない？」

「今日もレイちゃんと寝たいなぁ」

「ね、コウくんもレイちゃんが大好きだよね？」

「大好き」

にやにやする上の娘に島崎が苦虫を噛み潰したような顔を向けたとき、島崎の携帯電話が鳴り出した——トゥルルトゥルルというこれは普通の受信音。

「もしもし……え、奥さんが？　そりゃ大変……オレ、車出しましょうか？　救急車を……ああ、そのほうがいいですよ。——いやいや、こっちのことは気にしないで下さい。大丈夫、どうにかしますから……——」

なにやら慌ただしく通話を終えると、島崎は溜息を吐いた。

髪をがしがしと指で掻《か》く。

「悪いことってのは重なるもんだな」

そうぼそりと呟いた後、咳払いをして彼は電話の内容を語った。

「山本さんが骨折したらしい。ベランダで転んで、救急車を呼んだそうだ。これで我が家は彼女をあてに出来なくなってしまったな」

島崎家の最後の砦《とりで》である山本という老婦人は、島崎が大学生のときに住んでいたこの近所にあるマンションの大家だという。

島崎が妻を亡くしたときも、誰よりも先に手を差し伸べてくれたのが彼女だった。

しかしながら、元小学校教諭の老婦人は厳格すぎて、島崎家の子供たちはその来訪を必ずしも歓迎してはいない。

あれほど彼女の手を借りるのを嫌がっていたのに、怪我《けが》をしたと聞くや、麻里は心配を露《あら》わにした。

「大丈夫かな、山本さん。もう七十も半ばよね？　お年寄りって、転んだのをきっかけに寝たきりになったりするんでしょ？」

「まあな。だけど、山本さんのことは旦那さんに任せて、オレたちは自分たちのことを考えなければ」

「うちは大丈夫だよ、わたしがちゃんと出来るから」

しっかり者の長女は言った。

「それに、レイちゃんが手を貸してくれるもの……ね、レイちゃん？」

「もちろん」

女子中学生だけに負担はかけられないと請け合うレイタに、島崎は顰《しか》めっ面をした。

「安請け合いしないでくれないか、レイタくん。まずはベビーシッター会社や家政婦紹介所に連絡してみなくては……きみは子供好きのようだが、年齢がばらけた子供四人の面倒を見るのはそう甘くないぞ。もし泊まって貰うことになったとしても、大人の手はもっと必要だ」


急なことで、ベビーシッターも家政婦もすぐには捕まらなかった。見通しが立たないまま、朝の時間が刻々と過ぎた。

「これは本当にきみにお願いすることになりそうだな」

溜息を吐いて、島崎が言った。

麻里と佳奈を学校に送り出し、宏哉を保育園に送り届けてから、とりあえず島崎とレイタは亮が入院した病院へと向かった。

自宅から歩いて十分ほどのところにある大学病院だ。

島崎は息子にレイタを紹介したが、亮は頷いただけで、あまり関心を示さなかった。それよりも、少しの動きで傷が痛むのがイヤだと父親に訴えた。

「手術したんだからしょうがないさ。まあ、傷の痛みはここにいる間に大体とれる」

「何回泊まったら帰れんの?」

「六回か七回だな」

慎重に、島崎は多めの日数を息子に告げた。

「佳奈は? 一人で学校に行った?」

「途中まではお姉ちゃんが一緒だから、大丈夫だ」

「オレがいなくて泣いてねえ?」

双子の妹のことを心配してみせるのは、たぶん自分が心細いからなのだ。幼いながらも、そんな意地を張ってみせる亮にレイタは好感を抱いた。

島崎家の子供たちはみんな良い子だ。

「学校から戻ってきたら、佳奈ちゃんをお見舞いに連れて来るね。なにか必要なものがあれば言ってみて」

レイタが促すと、亮は低学年男子御用達《ごようたし》の分厚いマンガ雑誌を所望した。

「発売日は明日なんだけど、店によってはもう売ってるかも」

「後で本屋さんを覗いてみるね」

そこで亮は初めてレイタと目を合わせた。

「あのさ」

遠慮がちに切り出す――昨夜はなぜ女装だったのか、と。

「どうしてだと思う？」

彼の双子の妹に対してしたように、レイタは問いに問いで返してみた。

亮は佳奈のように誤魔化されなかった。

「それ、答えになってないよ。聞いたのはオレのほうだけど？」

しごくまっとうな突っ込みをしてきた。

「いろいろ事情があって……――そう、罰ゲーム的な……ね」

「そうか、罰ゲーム！　なんかで負けたんか？」

落ちぶれた芸能人は圧倒的に負け組だ。

帰る田舎や頼れる人がいればいいが、変に顔が知られているせいでまともな職につけず、女性に食べさせて貰ったり、酒や薬に溺れて命を縮めたりする者も少なくない。

それを考えれば、女装で客商売をするのは必ずしも負けではないのだが。

「そんな罰があるんなら、オレだったら絶対に負けなかったね」

勝ち負けが日常の重大事項である小学生男児はニヤニヤした――誰かを弱い者扱いし、自分が強者になったつもりになるのがこの年頃の悪癖だ。

フォローするでもなく、島崎が言った。

「でもな、レイタくんはわざと負けたんだぞ。相手がヒキガエルみたいな男でな、そいつが負けて女装ってことになれば、みんなが気持ち悪さにゲーゲー吐くハメになっただろうからな」

「うわ、それはヤバイね」

「その点、レイタくんはそうまずくない女装だったろ」

「オレ、女だと思ったよ。昨日は完全に」

くりくりした目の少年に、レイタは尋ねた——がっかりしたか、と。

「いや、男のほうがいいよ」

彼はきっぱりと言った。

「オレがいない間、麻里ねえや佳奈を守って貰わないといけないからな。コウは小さすぎてまだ使えねえから」


病院から家に戻ると、島崎はトランクを広げて出張の準備を始めた。馴れているのだろう、レイタが手伝うまでもなく荷造りはあっという間に済んでしまった。

昼過ぎの飛行機に乗るのに、会社の自動車が迎えに来るらしい。それを待つ間、彼は留守番役が知っておくべきことを紙につらつらと列挙した。

結局、ベビーシッターも家政婦も日時が合わず、全面的にレイタが一人で島崎家の留守を預かることになったのだ。

ソファに浅く腰を下ろし、ローテーブルに屈《かが》み込んでボールペンを走らせる男の背中はなだらかな逆三角形だ。

邪魔にならないように肩へと捻り上げたネクタイは抑えた色味で、光沢のある縦縞《たてじま》のスーツを引き締める。普段着の適当っぷりには驚かされたものの、ビジネス仕様の服装においての趣味は決して悪くない。

その傍らに座り、レイタは島崎がペンを置くのを待った。

リヴィングは雑然としているが、子供たちが側《そば》にいないせいだろうか、島崎は初めて見かけたときのような美男すぎるビジネスマンとしてそこにいた。雑多な背景がぼやけ、彼だけが浮き上がって見える。

クールな横顔には、四人の子供の雑事に追われる父親の面影はない。

(シングル・ファーザーにして、フットワークの軽い有能な社長。おまけに俳優並みのイケメン。…って、かなりのレアキャラだ)

とはいえ、家庭人としての島崎はそれほど有能ではないようだ。

卵を割るのは下手だったし、子供のためにパンにジャムを塗るのも雑だ。端まで塗ってと言われ、しぶしぶ塗り直していたのには笑いを禁じ得なかった。

人は見かけに依《よ》らない。

面白いな、とレイタは思った。

(昨日の夜からバタバタと…なにやら怒濤《どとう》の展開だよ)

銀座の路上で再会し、自宅を訪問する羽目となった。

彼の幼い息子に添い寝したまま朝を迎え、さらに今日から数日間ここに逗留《とうりゅう》することになるとは想像すらしていなかった。

掃除、洗濯、保育園の送り迎え、入院している子の見舞いと洗濯物の交換、朝食と夕飯と塾弁当の用意が主な仕事となるだろう。

ビジネスマン然とした島崎を切り取ってしまえば、柔らかな午前中の光が差し込むリヴィングの雰囲気はしごく家庭的だ。きっと居心地良く過ごせるに違いなかった。

どことなく既視感のある風景に親しみを覚えるせいなのか、子供四人の面倒を見ることになんら不安は感じていない。

「よし、こんなものかな」

ようやっと島崎が書くのを止めた。

子供一人につきA4のコピー用紙一枚がびっしりと文字で埋められていた。

それを示しながらの説明に、レイタは耳を傾けた——すなわち、一日の大まかなタイム・スケジュール、食べ物の好き・嫌い、既往症、末っ子の保育園の持ち物、長女の塾の時間と場所……などなど。

「家の鍵、自動車の鍵、自転車の鍵、そして子供たちの保険証と診察券だ」

それらを並べた上で、島崎は古びた財布をテーブルの上に置いた。

「五、六日分の生活費としてざっと三十万円入れておいた。近くのスーパーのポイントカードはこれだ。食事は作ってもいいし、出前をとってもいい。外食もよし。そこは任せる。アルバイト代は別に払うが、残金はきみのものにしていい。それを見越して、自分の衣服を買うのもありだ。着の身着のままだっただろ？　オレのを着るのが嫌なら、買ったらいい」

とても思いやりがあり、かつ気前のいい提案だった。雇い主としての彼の姿勢は申し分なく、仕事としてきちんとやり切ろうと思えた。

しごく真面目な申し送りの後で、ふと島崎が言ってきた。

「そのピアスはダイヤモンドかい？」

「あ、これ？　ダイヤ…ですかね。そんな高価なものじゃないと思うけど……田舎を出るとき、母親がくれたんです」

片方だけ、と小さく付け足す――両方揃っていたら、彼女は自分にくれなかっただろう。

「ちょっと見せて貰ってもいい？」

「はい」

レイタは左耳にしていたそれを外し、島崎の掌に載せた。

見せてくれと言ったのにためつすがめつすることもなく、島崎は摘み上げたピアスを自分の小銭入れの中に入れた。

「これ、しばらく預かっておくよ。保険代わりだ」

「え？」

「子供たちへの接し方を見ると、きみはこの三十万円を手に全てを放り投げて姿を消すような人間だとは思えないが、長いつき合いとはまだ言えないのでね……住所不定で、夜の店で女装して働いていたわけだし」

「まぁそうですね」

レイタは気を悪くはしなかった。

「僕、怪しげな人ですよね。普通に考えて、全面的に信頼するのは難しいかも」

「このピアスに担保としての価値があるかは置いておいて、これは一応ね」

「了解しました」

大事な子供たちを預けるのだ、どんな形であれ、保険をかけてみたくなるのは当たり前だ。

「もしかしたら、秘書の安西《あんざい》が訪ねてくるかもしれない。オレの不在の間は任せた仕事が山積みだから、本当に来るかどうかは分からんが……まあ、一回くらいは来るんじゃないかな」

こちらも一種の保険だろうと、反発せずにただ頷いた。

「あと、もう一つ」

続けて言うのは憚《はばか》られたのか、島崎はコホンと咳払いした。

「きみは本当にゲイなのか？　間違っても、女子中学生に手は出さないよな？」

「ロリコンではないと思います、たぶん」

島崎は不確定な言葉に眉を顰《ひそ》めた。

「たぶん？」

そこをはっきりしてくれと促され、レイタは躊躇いながらも告白した。

「え…と、僕は自分の性的指向がいまいち分かってないんです。二十代半ばを過ぎた男としてはどうかと思うんですが、自分から欲してベッドインしたことがないんです」

島崎はなにを言っているか分からないと言わんばかりに首を傾げた。

「思春期の前半から芸能人やってると、その…いろいろとあるわけです。恋愛する前にセックスがあったっていうのか……基本的に恋愛禁止ですし、もやもやを処理するための場が用意されたりもして…ね」

「なるほど」

「プロデューサーには何があっても逆らうなってマネージャーには言われていたし、スポンサーの接待の席に呼ばれたり…とかも、まぁいろいろとあったわけです」

「確かに、アイドルの卵だというかなり若い女の子たちが意味もなく同席してくることがあるんだよな。オレが気に入れば、お持ち帰りもありだったのかもしれない。麻里の年代の娘に対して、とてもそんな気にはなれなかったがね」

「そんなわけで、僕は女子中学生には縁がないですよ。感覚としては、漫画の登場人物くらいに現実味がない」

「リアルなのは熟女ばっかり？」

レイタは頷く。

「あ、男とも？」

「なかった…とは、言いませんよ。僕に断る権利はなかったんだから」

「なんだかな」

気の毒だと言わんばかりの溜息を吐き、島崎はしみじみとレイタを見つめた。

「芸能人ってもっとイケイケに遊んでると思っていたよ」

「もちろん要領のいい人たちは事務所に内緒で恋愛しているし、遊んでる人もたくさんいますよ。思春期の経験が普通から外れると、両極端になるのかもしれない」

「淡泊なんだ？」

島崎はレイタを見つめ、ふっと笑った——その口元だけの小さい笑みを浮かべた顔に色気を感じ、レイタは自分でも意外なくらいに狼狽《うろた》えた。

「……だって、恋愛したことないし」

見つめてくる視線を逸《そ》らしたいのに、なぜかぴくりとも動けなくなった。

「見ないで下さいよ」

弱音を吐く。

「それなら、目を瞑ればいい」

辛うじて、言われたことには従えた。

目を瞑ると、すぐ傍らにいる男の存在がもっと大きく感じられた。

頬を掬うように当てがわれた手の大きさ、温もり、体臭が入り交じった柑橘系《かんきつけい》の香水の匂いに胸が騒ぐ。

「オレに恋してみる?」

低く抑えた声が鼓膜を甘く震わせ、言葉の意味を理解することが出来なかった——いや、理解する必要はなかった。

唇に唇が重なってきた。

しっとりと包んでから、やさしく吸われた。

半ば反射的に唇が緩む。

そこを抜け目なく入り込んでくるのは舌だ。柔らかいが、火傷《やけど》しそうなくらいに熱く感じられた。必死で逃げても、すぐに絡め取られてしまう。

そこからは無我夢中で、吸い、吸われしながら、合間に苦しい呼吸をするしかない濃厚な口づけが続いた。

体温が上がって、頭の中がぼうっとする。

何も考えられない。

ようやっと唇が離れたと思ったとき、薄く開けた目には粘った唾液でまだ繋がっているのが見えた。

淫らな透明な糸の橋……。

（い…やらしい、な）

ややあって、ふっつりと切れた。

視線はまだすぐ近くにある——それがカメラだとして、自分がどう映っているかはおよそ分かった。極度に緊張したり集中しているとき、俯瞰《ふかん》から見ているような感覚になるのは昔からだ。

口づけに酔わされ、陶然となっている自分の顔からは知性が消えてしまっているはず……。

「——ね、見ないで」

掠《かす》れた声しか出ない。

そして、迫《せ》り上がってくる羞恥に耳たぶが燃えるように熱い。

頬を優しく叩かれた。

「今朝はあんなキスしてきたのに……なんだ、その処女みたいな反応は」

「僕なんて処女みたいなもんですよ」

レイタはもごもごと言う。

「なんなんです、あなたは。経験値の高さを知らしめるみたいなキス、午前中から刺激が強すぎるじゃないですか」

「気に入ったか？」

その問いも予想外で、レイタは目を見開いた。

「なあ、もっとオレとキスしたい？」

強い視線に頷かされてしまう——したい、と。

「よし！」

一件落着とばかりに島崎は言った。

「オレが戻るまで、オレのことだけ考えてればいい。な？　女子中学生に迫られるようなことがあっても、上手に躱《かわ》すんだ。出来るよな？　そしたら、きっとご褒美をあげよう」

「……は、はあ」

レイタは溜息を吐きながら、これもまた年頃の娘を持つ父親の保険なのかと思った。

(そんな駄目押ししなくっても、僕が麻里ちゃんとどうこうなることはないと思うけど)

まんまとその気になった自分が哀れで、滑稽で……それなのに、覚えてしまった島崎のキスの味がもう恋しい。

今になって、さっきのセリフが頭に響いてきた。

(オレに恋してみるか、って言われた)

恋とはどんなものだろう。

しかしながら、自分の恋愛相手としてこの男は適当とは言えない。経験値が高そうだし、計算高くもあるだろう。酷い目に遭わされるような気がしないでもない。

可哀想《かわいそう》な自分を想像し、切ない気持ちが込み上げた。レイタは自分から島崎に抱きついてみたが、彼の口説きモードはとっくに終了していた。

背中を適当にポンポンと叩かれただけで、抱き返しては貰えなかった。

なんとなく島崎のネクタイを摑んでも、レイタにはそれを手前に引っ張ってもう一度キスをねだる勇気はない。

(チャンネルの切り替え、早すぎない？)

自動車のクラクションが響いた。

「迎えが来たようだ」

男がすっくと立ち上がったので、掌の中で絹のネクタイが滑っていった。

「子供たちを頼むよ。何か思いついたらその都度メッセージするし、毎晩十一時くらいに電話かスカイプで話そう」

てきぱきと言うのに頷いたものの、レイタはソファから立ち上がらない——腰が抜けてしまっていたからだった。

＊＊＊

一日目は家の中を探検し、間取りと物がどこにあるかを確認した。乾燥までオーダーした洗濯機が止まったところで佳奈《かな》が帰宅してきた。

佳奈を連れて亮《りょう》を見舞い、双子《ふたご》が学校のことを話すのに耳を傾けた。

佳奈が宿題について話しても、亮はひたすら給食の内容を聞きたがるのが可笑《おか》しかった。

「ハンバーグと春雨のサラダだったよ。デザートにオレンジゼリーがついてきたの」

「ゼリーいいな。オレ、まだおかゆしか食えない」

病院付設のカフェでドーナツを買ってから、保育園へ宏哉《こうや》を迎えに行った。

玄関先にいた若い保育士はレイタを見るなり叫び出しそうになったが、しーっと口の前に指を立てると頷《うなず》いてくれた。

「島崎《しまざき》宏哉くんをお迎えに参りました。僕はコウくんのお父さんの友人で、彼の出張中に留守を預かることになったんです。よろしくお願いします」

「あ、そ…そうでしたよね。連絡帳に書いてありました」

去年までこの保育園に通っていた佳奈が言う。

「レイちゃんだよ、ゆみ先生」

「レイ…ちゃん」

「はい、レイタと言います」

保育士は生唾を飲み込み、軽く咳《せき》払いした——それで彼女は好奇心を抑え込んでくれたようだった。

「コウくんを呼んできますね。お待ちください」

早めの迎えを喜んで、宏哉は廊下を走ってきた。

「レイちゃーん！」

受け止めようと中腰で身構えていたのに、四歳児は抱きついてこなかった。

レイタを前に地団駄を踏む。

「レイちゃん、どうしてパパの服なの？　そのお帽子も嫌だ。可愛《かわい》くないもん。ちゃんと昨日みたいにぴんくいのを着て！」

サイズが合わないだけでしごく普通に男の服装をしていたが、レイタを女性だと思い込んでいる宏哉の気には召さなかったようだ。

どうにかドーナツで機嫌を直して貰《もら》い、食べながら帰宅した。

佳奈が宿題をし、宏哉がテレビの子供番組を見ているうちに、レイタは冷蔵庫にあった食材でカレーを作った。

料理は小学生のときからしているので造作もない。

麻里《まり》の帰宅を待ち、午後六時半にはテーブルを囲んだ。宏哉のために辛さを抑え、ココナツミルクで仕上げたカレーは評判が良かった。

「実は給食がカレーだったの。でも、ぜんぜん違う。すごーく美味《おい》しい」

麻里がお代わりをした。

「そうか、三人とも給食なんだったね。そこを考えて夕飯メニューを決めなきゃね。メニュー表って配られないの？」

「パパは見ないで捨ててると思う」

男親とはそんなものかもしれない。

麻里が佳奈と宏哉を風呂に入れてくれている間、レイタは食器を洗った。風呂上がりの彼らに飲み物を出してから、今度は自分が入浴タイム。

歯を磨かせ、仕上げ磨きをしてやり、宏哉と佳奈を寝室に誘ったのは九時。絵本を三冊読み聞かせた後は宏哉が寝入るまで添い寝して、一階に戻ったのは十時ちょっと前だった。

麻里はテレビの前で爪の手入れをしていた。

「おチビさんたちは寝た？」

「寝たよ。昨夜は遅かったから、佳奈ちゃんは眠かったみたいだね。……マニキュア、塗らないの？」

「マニキュアは禁止だよ。だから、ヤスリで磨くのが精一杯」

人気音楽番組が始まった。

今夜のトップバッターは、レイタが所属していた事務所が新しく売り出したボーイズ・グループだ。どうやら歌は口パクだが、ダンスはキレキレ。笑顔も悪くない。

（イッセイくん、この子らのマネージャーになったんだっけ）

彼は『ザ・コネクト』のリーダーでアクロバットが得意だったが、悲しいかな、容姿端麗とは言い難かった。グループの解散後は表舞台から退き、事務所スタッフとなる決断をした。

表舞台を去ったメンバーはもう一人。ユウキは実家がある長野《ながの》に戻り、地元の子供たちにダンスを教えながら、両親が経営するペンションの仕事をすると言っていた。

後の四人は他の事務所に移って活動中のはずだが、演技が得意なツバサをドラマで見かけただけで、なかなか順風満帆というふうにはいかないようだ。

芸能界に居場所を作れなかったら、どこかで見切りをつけねばならない。

先輩たちのようにダンスのインストラクターや振付師になったり、スポンサーを見つけて店を始められるならラッキーなほうだ。

（カイはバンドを組んだって話だけど、ライブはやれてるのかな）

歌が上手《うま》くて、一番人気だったメンバーだ。解散後すぐに出したシングルはそこそこ売れたが、その半年後にリリースしたアルバムの売り上げはあまり思わしくなかった。

歌を出すタレントは多い。

歌番組に出られるのはそのうちの一握りだ。その一握りの人たちでさえ、次に出す曲のときにも呼んで貰えるかどうかは分からない。

五番目のアーティストとして紹介されたのは『コメット‼』だった。若い女性十二人のグループで、人気アニメの主題歌を歌いながら元気に踊る。

「ねえ、レイちゃん。文化祭にこれやりたいって意見あるんだけど、どう思う？」

「華やかでいいと思うよ。きっと盛り上がるんじゃない」

「わたしたちは十八人だから、そっくり真似《まね》は出来ないよ。フォーメーションが難しいなあ」

「九人ずつ、右左二つのグループに分けたらいいよ。間奏や終わりのほうに入り交じるシーンも作れるし」

「おー、なるほど」

歌番組が終わった頃、島崎からスカイプで話そうというメッセージが入った。

スマートフォンの画面に、ネクタイを外そうとしている島崎が映った——どうやらあちらはパソコンを使っているらしい。

「……お疲れさまです」

『おう、お疲れ。子供たちはどうしてる？』

ネクタイを外してしまうと男は立ち上がり、画面から一旦消えた。

たぶん着替えているのだ。

聞いているのは分かっているので、淡々と亮の様子や夕飯はカレーにしたこと、麻里の帰宅時間、佳奈と宏哉を九時過ぎに寝かせたことを報告した。

『首尾良くやってくれてるみたいだな』

画面に戻ってきた島崎はバスローブ姿だった。

襟の合わせから逞《たくま》しい胸板が見え、なんだか目を逸《そ》らしたくなってしまった——見せつけているつもりだろうか。

つもりもなくやっているとしたら、もっと質《たち》が悪い。昼間交わした濃厚すぎるキスを思い出しているのは、レイタのほうだけということになってしまう。

「そちらはどうです？」

『ああ、滅茶苦茶だったな。任せる人間を間違えたらしい。久しぶりに背中に冷や汗をかいたよ。まあ、上手くまとめるさ』

目元に疲労を漂わせつつも、ビジネスマンは勝算ありのにやり笑いをした。

（うん、イケメンだ）

レイタはこっそりスクリーンショットを撮った。

『麻里はそこにいるかな？　代わってくれ』

麻里にスマホを渡し、レイタは飲み物を取りにキッチンに向かった。

冷蔵庫の冷気の気持ち良さに、顔が熱くなっていたことに気づく。

スマートフォンの小さい画面の中で再会した島崎に、どぎまぎしてしまった自分の純情を嘲《あざ》笑《わら》う。

（十時間前のラブシーンを引き摺《ず》るなんて、素人じゃあるまいし…ね）

確かに性感を刺激する濃厚なキスをされたが、本気で口説かれたわけではなかった——あれはマウントをとる手段の一つ。

レイタに再び代わることなく、スカイプでの報告会は終わった。

麻里が寝室に引き上げると、レイタは隣室にある島崎のベッドに横たわった。

客間は特に用意していないからそうしてくれと言われたからだが、シーツや布団カバーを取り替えたというのになんとなく彼を感じずにはいられなかった。

クイーンサイズのベッドは一人で寝るには広すぎ、身の置き所が決まるまで、レイタはごろごろと無意味に転がった。

スマホの画面でさっき撮ったばかりのスクリーンショットを見た——やっぱり、掛け値無しの美男である。白い歯をちらりと見せた笑顔がいい。

「……悔しいな」

悔しい、悔しいと口にした。本当はそうでもなかったが、乱れかける感情を悔しいという言葉に封じ込めた。

＊

二日目の朝を迎えた。

「行ってきます」

タマゴサンドと果物と紅茶の朝食を終えると、麻里と佳奈が家を出て行った。

佳奈のツインテールが楽しげに揺れていた――彼女が朝食を食べている間、レイタが結んでやったのである。

掃除ロボットと洗濯機をセットしてから、テレビを見ていたがる宏哉をなだめすかして保育園に送った。

ピンクのシャツを着て、髪をハーフアップにしたレイタに宏哉は及第点をくれた。

保育園から亮が入院している病院へ。売店で頼まれていた漫画雑誌を購入し、エレベーターで病棟へと向かった。

「おはよう、亮くん」

まだ下げられていないトレーを見て、朝食を完食したのが分かった。調子はどうだと聞く必要はない。

レイタが洗濯物の入れ換えを始めると、亮は分厚い漫画雑誌を捲《めく》り始めた。

「続きが気になっていたんだよ」

「それ、まだ連載されてるんだね。僕が子供の頃からやってるよ」

「レイちゃん、どのキャラが好き?」

昨日双子の妹が懐いているのを見て、亮のレイタへの警戒は解けていた。

「僕はこれかな」

「ふうん。可愛いけど、ゲームだと弱いよ。弱いのはダメだね」

一時間ほど一緒に携帯ゲームをやった。

昼前に家に戻ると、洗濯機から取り出した洗濯物を畳んだ。昨日の残りのカレーで昼食を済ませてから、自転車で買い物に出ることにした。

前後に子供を乗せられる仕様の自転車にはたくさん荷物を積めそうだ。

自動車で土地勘のある青山《あおやま》まで出るつもりだったが、梅雨入り前の貴重な晴天に予定を変えた。この季節は自転車のほうがきっと楽しい。

春日《かすが》通りを湯島《ゆしま》天神に向かい、そこを通り越してまっすぐに行けば山手線の御徒町《おかちまち》駅だ。駅の手前には大きなデパートがある。

デパートの警備の人に尋ね、近くの駐輪場を教えて貰った。すぐ裏手にあるビルの地下で、三時間無料と表示されていた。

すぐにデパ地下の食品売り場に行くつもりだったが、ディスプレーの華やかさに誘われ、ついつい隣りのファッションビルに入ってしまう。

エスカレーターに乗ったとき、横にある鏡に映った自分を見た。

(う…ん、やっぱりサイズが合わないパンツだとラインがよろしくないな)

フロアマップに何度か買ったことがあるブランドの店舗を見つけると、そこでパンツの試着をした。

そのパンツの着心地は悪くなかったが、下に穿《は》いている下着がどうにも気になった——大手スーパーの商品だと思うせいなのか、布地やゴムが荒く感じられるのだ。

所属事務所を辞めてマンションを引き払ったとき、レイタはほぼスマートフォンと財布だけを所持する生活になった。

先輩や友人宅を転々とする生活で、衣服は家主に借りていた。

友人知人のほとんどがタレントか引退したタレントなので、スタイリッシュさを保つのに苦労はなかった。

島崎に生活費として渡されたのは三十万円。

(買おう。この際、いろいろ買っちゃえ)

自分の衣類も買いたいが、家主が情けない下着を着ているのはどうかと思う。

本人はそれでいいと主張しているとしても、世の中にはもっと着け心地のいい下着があるのを知らせておきたい。

スマートフォンに保存した昨夜のワンショットにしても、文句のつけようもないほどの美男なのだ。それなのに、見えるオシャレしかしないのは残念だ。

安価な下着を身に着けるくらいなら、いっそセクシーに素っ裸のほうがいい。

自分用にパンツ二本と薄手のカーディガンを選んでから、家主のために海外ブランドのボクサーパンツを五枚、布地とリブがしっかりした白Tシャツを五枚購入した。

その後、若い女性に人気のブランドの店舗に移動した。自分が去った後に麻里が着られるように、ピンクとオレンジ色のTシャツを一枚ずつ選んだ。

(可愛いTシャツを汚したくないから、エプロンを着けよう)

上階にある趣味のフロアーに移動し、デニムのエプロンを選んだ——が、宏哉の好みを考えて、青地に大きな赤の花柄のほうに変えた。

売り場にはタオル類も置いてあった。

バスタオルもフェイスタオルもレイタ的には買い替え時をとっくに過ぎた状態だった。ままよとばかりに摑《つか》んでレジに持っていった。

この時点で午後二時を過ぎていた。佳奈が帰ってくるのは三時半なので、食料品を買うのは急がなければならない。

慌ててデパ地下に飛び込んだ。

朝食用に軽井沢《かるいざわ》のホテルが出している食パン、バゲットを選び、ソーセージ、スープの缶詰、ジュースのパックなどを籠に次々と放り込む。

カラフルなサラダをグラムで買い、総菜も幾つか選んだ。ラザニアのキットやタコスのセット、パスタ、数種類のチーズの塊、オイルサーディン、サーモン、生クリーム……美味しそうなものに手を伸ばす。

(あ、今日は塾弁もいるんだっけ)

麻里に持たせるため、入れ物まで高級そうな雉《きじ》焼き弁当を一パック。

家に戻る途中で、知る人ぞ知るどら焼きの店を見つけてしまい、時間を気にしつつもおやつに六個購入した。

下校途中の佳奈を見かけたのは、最後の交差点の近くだった。

佳奈は身体《からだ》の大きな女の子と歩いていた——いや、一緒に歩いているのではない。半泣きになりながら、追いかけているのだった。

「返してよぉ、あすかちゃん」

佳奈のコップが入った巾着袋を女の子が振り回している。

「いっぱい回すと模様が見えなくなるんだよ。ほぉら、見てよ」

「返してってば」

「うるさいな、もう返すってば。返せばいいんでしょ」

女の子はコップ入れを佳奈の胸の位置に投げつけてきた。

受け取り損ね、それは地面に落ちた。拾い上げ、佳奈は中に入っていたプラスチックのコップが割れてしまったのを確認した。

「ひどいよ、これ。弁償して！」

「しーらない」

女の子が逃げていく。

佳奈はしくしくと泣き出した。

「佳奈ちゃん」

レイタが声をかけると、急いで涙を拭いて振り返った。何事もなかったかのように笑顔を作ったのが不憫《ふびん》だった。

「見てたよ、今」

レイタは言った。

「嫌な子だね」

「……これ、割れちゃった。百円ショップのだけど、プリンセスが描いてあるから気に入っていたの」

新しく買ってあげると言ったものの、佳奈は悲しげに俯《うつむ》いた——新しいものを手に入れたとしても、それは大事に使っていた割れたものと全く同じではない。

荷物を家の中に運んでから、佳奈に牛乳とどら焼きを出してやった。

「美味しいね、これ」

佳奈は一生懸命機嫌を直そうとしていた。

おやつを食べてから亮を見舞いに病院へ行ったが、佳奈は亮にはいじめられたことを話さなかった。昨日と同じく宿題と給食について話し、しばらく亮とゲームをした。

「あれれ、レイちゃんが進めてくれたんだね」

「弱いキャラばっかだろ」

「強くなくてもいいの。このキャラ欲しかったんだ、可愛いから」

保育園の迎えの時間ぎりぎりまで遊び、明日も来るからと言って病室を出た。

「オレも家に帰りたいよ」

亮が訴える。

「でも、あと四回はここに泊まらないと。また明日ね」

宏哉をピックアップして家に戻り、夕飯を作った。

炊飯器に材料とケチャップを入れ、炊き込みでピラフが出来るようにセットした。買ってきた唐揚げとサラダを盛りつけ、後はコーンスープの缶詰を牛乳と混ぜて温めるだけだ。

一旦帰ってきた麻里に弁当を持たせたが、ピラフとコーンスープは取って置いてほしいと言われた。

夕飯後、レイタが佳奈と宏哉を風呂に入れた。

レイタが男の身体なのを目にし、宏哉は少なからずのショックを受けたようだった。どうして、と小首を傾《かし》げられてしまった。

「レイちゃんは男だよ」

佳奈が言うのに、違うと否定した。

「レイちゃんは女の子だよ。だってキレイだし、いい匂いするし、お料理が上手だもん」

「パパだってお料理はするでしょ、ときどき。キレイだけど、レイちゃんは男の人」

言い争いになりそうなのを見越し、レイタは言った。

「男とか女とか、どっちでもよくない？　僕は僕だよ」

「どっちでもいいのかなあ。僕、困っちゃう」

「いいの」

佳奈は主張し、続けて強調した。

「レイちゃんはレイちゃんでしょ。違う？」

「そうだね」

とうとう宏哉も同意した。

「でも、レイちゃんはキレイでいなきゃダメだよ」

二人を九時に寝室に連れて行き、子供部屋から出られたのは十時少し前。昼下がりに買ってきた衣類を袋から出して島崎の部屋へと運んだ。

（これで薄くなった下着類は一掃だ。普段着もあまり酷《ひど》いのは捨てちゃおうっと。明日もデパートに行って、スウェット類を買えばいいな。タオルはもっといるし、出来ればシーツ類も）

タンスの引き出しに並べ終わったとき、ふとベッド横にあるクラシカルなデザインのライティング・ビューローが目に留まった。

この部屋にある家具はなんら飾りのない大きなベッドにスチール製の執務机、テレビ台も本棚も実用的なものばかりなのに、それだけが異質なほど優雅なデザインの家具だった。

二つある引き出しの取っ手は真鍮《しんちゅう》で、きれいな木目を強調する目出し塗装での仕上げである。

用もないのに、天板となるフラップ式の扉を開いてみたのはもっぱら好奇心だった。

「あ」

オルゴールが流れ始めた——ゆっくりテンポの『野ばら』は曲調こそ明るいが、どこか物悲しい響きだ。

扉の後ろに隠されていた収納棚はまんま仏壇だった。

二つある写真立ての両側に造花を挿した花瓶が置かれ、その後方に位牌《いはい》らしいものが立てられていた。前方には香炉とりんが並ぶ。

写真のうち、夫婦で写っているのが双子の両親のそれで、胸から上を写した女性一人のものが島崎の妻にして麻里と宏哉の母であるのは察しがついた。

意外にも、島崎の妻は地味な顔立ちだった。娘である麻里の人目につく華やかさは、彼女から譲られたものではないらしい。

(年上みたい……でも、とても優しそうな人。頭も良さげ)

思わず、手を合わせていた。

(見守ってくれているとは思いますが、麻里ちゃんも双子も、コウくんもみんな元気ですよ)

この仏壇を島崎が独り占めしているのはどうかと思うも、麻里以外の小さい子供たちは死を理解するのはきっと難しい。

島崎自身は妻の死をちゃんと受け止めたのだろうか。

麻里が塾から戻ったのは十時半だった。

彼女が風呂に入っている間、島崎からまたスカイプで話そうとメッセージが入った。

昨夜に引き続き、スマホの画面に俳優のような美丈夫が現れた——今夜はもうすでにバスローブ姿だ。

レイタは淡々と子供たちについて報告する。

タイムスケジュールは概《おおむ》ね守られており、夕飯はピラフとコーンスープにしたこと。そして、佳奈があすかという同級生の女子にいじめられていたことも話した。

『意地悪なのがいるんだよな。でも、佳奈もやられっぱなしじゃダメだ』

「この件、担任の耳に入れておいたほうが良くないですか？」

『佳奈が自分で解決しようとするか、もう少し様子を見たいな』

父親は言うが、レイタは一日でも早く解決してあげたかった。

「殴られたら殴り返して来いって？　大人しい佳奈ちゃんにそれを求めるのは酷だし、今の世の中には合わないと思いますけど」

『いつも親がくっついていられるわけもない。なるべく自分で解決する方向に導きたいんだ』

「その考えは分かりますけど、佳奈ちゃんはまだ小学校一年生ですよ？」

レイタは食い下がりかけたが、一時的に預かっているにすぎない自分が強く主張するのもどうかと思った。

黙ってしまったレイタに、島崎はからかい口調で話題を変えてきた。

『麻里は風呂だって？　女子中学生との暮らしはどうだい？』

「どうって……麻里ちゃんは一緒に島崎家を運営するパートナーですよ、今や。心配しなくても、僕はJCよりもあなたのほうに気持ちがいってる。出かけるぎりぎりにあんなキスして、どう責任を取ってくれるんです？」

『どうしような？』

即答を避けるとき、問いに問いで返してくるテクニックには覚えがある。

レイタ自身の得意技だが、島崎は誤魔化しに使うわけではない——相手に自分で解答を出してみろという促しだ。

高慢に、顎を少し上げ気味にしてくるのが憎い。

カメラ写りを気にして生きてきたわけでもないだろうに、こちらを窺《うかが》うように細められた目の表情は完璧だった。

思わず、レイタはスクリーンショットのシャッターを押した。

「……どうするつもりもないくせに」

レイタが呟《つぶや》くと、ふふと笑った。

『そっちに戻ってからじっくり考えたっていいだろう?』

「お帰りはいつ?」

『あと三日。日曜の午後、早い時間に戻れそうだ』

期待してしまう自分に目暈《めまい》がした。

三日目は二日目とほぼ同じような流れだった。

麻里は部活を終えて六時半に帰宅、夕飯はラザニアとブルスケッタにした。四歳児には食べにくいかと思われたそれらを宏哉はとても気に入り、たくさん食べたのには驚いた。

小さい二人の入浴は麻里が担当してくれた。

レイタも風呂を終えた九時過ぎに、島崎の秘書の安西《あんざい》が訪ねてきた。

インターフォンの画面に彼を見るなり、来なくても良いのに…と麻里が苦々しげに呟いた。

「もしかして、嫌いな人?」

「パパに再婚を勧めるんだもの、あいつ」

現れた秘書は、二十代後半の容姿端麗な男だった。黒いスーツに銀縁メガネ、七三にきっちり分けた髪型だったが、少しも野暮ったく見えなかった。

手土産はアイスクリームだ。

「わーい、アイスだ」

「アイス大好き」

歯を磨き終えてもう寝るところだったが、こんなに喜んでいる佳奈や宏哉に食べさせないわけにはいかない。

麻里が文句を言っても、安西は気にしたふうもなかった。

「喜んでいただけてよかったです。もっと早く伺いたかったのですが、社長に仕事を押しつけられてしまいましてね……このわたしでもすっかり終わらせるのに少し時間がかかりました」

「そんなお疲れだったら、来ることなかったのに」

つれないことを言う麻里を無視し、安西はレイタのほうを向いた——いよいよ本題というわけだ。

「おお、これはこれは……本物ですね。『ザ・コネクト』のレイタくんだ」

まじまじと顔を見てくる。

レイタはアイスクリームを食べようとしている宏哉に寄り添って座り、テーブルに少し垂らした佳奈にウェットティッシュを手渡しているところだった。

「レイタです」

面食らいつつも、とりあえずレイタは一礼した。

「いや、疑っていたわけではないんですよ。ただ引き合わせる人もなしで芸能人と出会う…とか、普通はないわけですからね。しかも、二回も。二度目なんて銀座《ぎんざ》の道端でしょ。で、その流れで留守番を頼んでしまううちの社長がおかしいんです」

「困ったときはお互い様ですから」

「美形なだけでなく、お優しいんですね。素晴らしいな！　わたしは島崎社長の秘書で、安西と申します。以後、お見知りおきを…——」

安西はテーブルに名刺を滑らせ、レイタはそれを受け取った。

「安西さん、パパに様子を見に行けって頼まれたの？　何も問題はないよ」

「社長には人を見る目はあると思いますが、なにせ急でしたからね……失礼ながら、秘書として一応チェックは必要か…と」

ここまで安西は無表情だったが、いきなりくすっと自嘲した——その一瞬だけ、切れるようなクールさが消えた。

「しかし、そこは建前でしてね。こう見えてわたしにはミーハーな面があるんですよ。もし本当なら『ザ・コネクト』のレイタくんを生で見られる。そういう野次馬根性で、馳《は》せ参じたというわけで」

「今の僕を生で見ても価値はないですよ？」

レイタが言うのに、安西はいやいやと首を横に振った。

「来て良かったです。美しい容姿の人を見ると、心が洗われますからね」

意外なことに、安西の前職はホストだったという――特に恥じてみせることもなく、彼は自分からそれを言ってきた。

彼が勤めていた店では、新人ホストたちが披露するダンス・ステージで『ザ・コネクト』のデビュー曲が定番だったとか。

「わたしはレイタくんの立ち位置で踊らされていたので、MVは何度見たかわかりません。ファンになるしかないでしょう？」

ここで麻里が爆弾発言を繰り出した。

「なーんだ、パパは安西さんにレイちゃんを見せびらかしたかったんだね。レイちゃんはパパの恋人なの。だから、安西さん、もうパパに女の人を紹介しないでいいよ」

「こ、恋人じゃ……――」

レイタは否定しようと慌てたが、二人はそれを無視して会話を続けた。

「そうなんですか？　それは聞いてなかったなあ。さすがにちょっとびっくりです。うちの社長は女性専門だとばかり思っていましたからね」

「偶然に二回も会ったんだから、もう運命でしょ」

「始まりますね、恋愛」

「安西さんはがっかり？　パパに知り合いの女の人を紹介しまくっていたものね」

「いえいえ、がっかりってことはないですよ。わたしはただ社長が仕事に没頭するために、家のことをしてくれるパートナーがいたほうがいいと思っていただけですから。まだ幼い子がいることを考えればお相手は女性が良いと思っていましたが、子供好きな人ならば同性でもいいかもしれません」

「随分理解があるじゃない」

麻里の言葉に皮肉が籠もっていたのは、密《ひそ》かに期待していた反応を安西から引き出せなかったからだろう。

「パパがゲイでもいいんだ？」

「別に社長がそうでも構いませんよ。わたしは歌舞伎町《かぶきちょう》で働いていたくらいですから、大抵の性癖には理解があるつもりですよ。偏見はございません」

「ふうん」

「お嬢さんはわたしを誤解してますよ。わたしが自分の知人女性を社長のもとに送り込み、社長や会社を操るんじゃないかとか思ってません？」

「だって、安西さんは腹黒そうだもの」

「心外ですね」

安西は大袈裟《おおげさ》に肩を竦《すく》めてみせた。

「わたしは社長に心酔し、社長とその家族の幸せを一途《いちず》に願っている男ですよ。本当に社長とレイタさんが恋人同士ならば、わたしは一番の理解者になるつもりです」

「悪いけど、一番はわたしだからね」

負けじとばかりに麻里が言うのに、話の内容は理解していないだろう宏哉も声を張り上げた。

「僕だよ！　僕が一番」

細くした目で見遣《みや》り、安西はそんな宏哉に問いかけた。

「コウくんはレイタくんを好きですか？」

「好き」

「佳奈さんは？」

「大好き。だって、優しいし、美味しいゴハンを出してくれるもの」

安西はよしよしと満足そうに頷《うなず》いた。

「いいことです」

それを聞いたレイタも嬉《うれ》しかった。

しかし、麻里はまだ安西に疑わしげな目つきを向けている。

「この場ではそうやって理解者ぶっても、やっぱりパートナーが男だと世間体が悪いとか難癖つけて、またパパに女性をあてがおうとするんじゃないの？」

「心外だな。わたしは人の恋路を邪魔するような無粋な男じゃありません」

安西は苦笑いした後で、ふっと人の悪い笑みを浮かべた。

「わたしが邪魔をするだろうと決めてかかっている気持ちの裏には、お嬢さん、そもそも男同士は世間体が悪いという考えがあなたにあるからじゃないでしょうか。そういう古風な差別は良くないですねえ。これからの世の中を担っていくティーンエイジャーは、ＬＧＢＴＱ＋については柔軟な考えを持っていなければいけないと思いますよ」

「わ…わたしは差別主義者なんかじゃないよ」

「そうでしょうか」

今度は安西が麻里を疑わしげに見る番だった。

「あなたの志望校の英語の入試問題において、長文読解では地球温暖化や絶滅危惧動物、ベジタリアン、それこそＬＧＢＴなどの社会問題が取り上げられるようになりましたよね」

そう前置きしてから、安西は麻里の知識を確認するために質疑応答を開始した。

自分の考えを述べよという最後に出る配点の高い英作文をクリアするには、時事問題に対する関心を持っていなければ話にならないという。

ＬＧＢＴについて、定義から始まり、当事者が生活する上での困難や第三者の無理解から受ける被害、この問題の後進国である日本における課題まで、二人のテンポが良すぎるやりとりが続いた。

圧倒され、レイタは目を白黒させるのみ。

（安西さんて秘書というよりはもはや先生でしょ。これって後継者教育？）

アイスクリームの味が分からなくなりかけた。

「……レイちゃん、食べ終わったよ。お部屋に行こ？　コウくん、眠いみたいだよ」

佳奈に促され、レイタは欠伸《あくび》をしている宏哉を連れてダイニングを出ることにした。

レイタが小さく一礼するのに、安西も返してきた。

その目の中に悪戯《いたずら》っぽい光を見て、この殺伐とした空気はわざと彼が作り上げたものだと分かった。

洗面所で歯の磨き直しをさせてから、二人を二階の寝室へと連れて行く。彼らが選んだ絵本の勧善懲悪なストーリーが、今日ほど微笑《ほほえ》ましく読めたことはない。

宏哉が眠ってしまってから、またダイニングに戻った。

テーブルでは麻里が数学の勉強をしていた。

それを向かい側から覗《のぞ》きながら、安西は夕飯の残り物のラザニアを食べていた。

「これ、勝手にいただいてますよ。とても美味《うま》いですね」

「よかったら、バゲットも出しましょうか？」

「お、いいですね」

安西はラザニアもバゲットも美味そうに食した。

「バゲットですけど、クリームチーズにナッツとドライフルーツを載せて、はちみつを垂らせばスイーツっぽくなります。男の人向けではないんですが、いかがです？」

「いただきましょう」

　食べ終わったとき、安西はレイタをじっと見つめた。

「レイタくん、もし社長と上手くいかなくなったら、わたしのところに来ませんか？　客観的に、こぶつきの社長の家にいるよりは楽だと思います。きっと幸せにしますよ」

「もしかして、プロポーズですか？」

「そう思っていただいて結構ですよ」

　聞きつけた麻里がひょいと顔を上げた。

「レイちゃん、騙《だま》されちゃダメだよ。この人は貢がれたことはあっても、自分が貢いだことは一度もない男だよ。幸せになんかしてくれるもんですか。絶対苦労することになるよ」

「無駄口叩《たた》いている暇はないですよ、お嬢さん。あと十分なのに、まだ三問残っている」

「え、もう十分しかないの？」

「集中してください。集中ですよ」

　ざっとページを見ただけだが、レイタが解けそうな問題ではおよそない。

「……安西さん、数学を教えられるんですね。すごいな」

「ホストの前は学習塾で数学と英語を教えていました。短期間ですが、とある私立高校の数学教師だったこともあります。いろいろあって辞めてしまい、夜の仕事に入ったわけですが」

「人に歴史ありですね」

「レイタくんにもあるでしょう？」

「あると言えばあるし、ないと言えばないかな。僕が積んできた経験や技術は、たぶん普通の生活には全く役に立ちませんから」

「そんなことはないですよ」

安西は思いやり深く言ってくれたが、レイタはゆるゆると首を横に振った。

「僕は空っぽなんです。今は何をしたいのかも分からない」

「そういうときは、手当たり次第にやってみるといいんですよ」

教育者らしい進言だった。

延々二時間麻里に数学を解かせた安西が帰った後、レイタは麻里に尋ねた――安西はよくここに来るのか、と。

「あまり来ないよ。でも、ママが亡くなった頃はしょっちゅう顔を出して、わたしたちの面倒を見てくれようとしたと思う」

「見てくれようと？」

微妙な語尾を繰り返し、真意を尋ねた。

「もう来なくていいってパパが言ったんだと思うの。秘書に子守りをさせるわけにはいかないから。ビジネスとプライベートは切り離すべしって考え？　とにかく、当時のパパはあまり人の手を借りたがらなかった。自分が責任を持って子育てするってママに約束したのかもね」

口を一文字に結んで、しゃかりきに動く島崎の姿がレイタの頭に浮かんだ。その近くで、戸惑っている安西の顔も。

「パパは家と職場を一日に何度も往復してたよ。身体は一つしかないから」

さすがに倒れて、山本《やまもと》夫人に手を借りることになったという。身体を壊しては元も子もないと、それからはベビーシッターや家政婦も利用するようにしたそうだ。

「わたしたちの親はもうパパだけよ。そして、パパには男として打ち込んでいる仕事もある。大変なことだと思うわ」

そんな麻里の言葉には島崎への尊敬が滲《にじ》んでいた。

四日目は土曜日で、保育園も学校も休みだった。

シーツや布団カバーなどの大物を洗濯してから、亮を見舞うためにみんなで病院に向かった。

傷の痛みがだいぶ軽くなって、亮は退屈を持て余していた。

佳奈が学校の図書室から借りてきたクイズの本を使ってみんなでクイズの出し合いをしたが、途中から亮はその本を独り占めして読み始めた。

「もう、亮は勝手なんだから……！」

しかし、麻里はあまり叱らずに、暇つぶしに用意してきた折り紙を出して、佳奈と宏哉がいろいろな形を作るのを手伝った。

その間にレイタは洗濯物の入れ替えをした。

ふと視線を感じて振り向くと、亮が聞いてきた。

「なあ、レイちゃんって有名人なのか？」

「え？」

「看護師さんが言ってたんだよ。レイちゃんはテレビに出ていた人だって。それって本当？　なんか、歌ったり踊ったりしてたんだってね。すげえじゃん」

「本当だけど、結構前の話だよ」

「なんで？　なんで今は出てないのさ？」

どう答えたものかと迷い、いつものように質問で答えてしまった。

「なんでだと思う？」

しかし、今日の亮はイライラした様子を見せなかった。

「……テレビの人らと仲悪くなったとか？」

レイタの昔を知る看護師に根掘り葉掘り聞かれた上、何か吹き込まれたのかもしれなかった。

「レイちゃん、今は隠れてひっそり生きてるんだろ？」

「ひっそりっていうか……まあ、知っている人は知っているから、隠れてるつもりはないんだけど。昔、麻里ちゃんくらいの年のとき、七人グループでデビューしたんだ。残念ながら、十年経ったところで解散した。ずっとグループだったから、僕一人でテレビに出る気にはなれなくてね」

　そう説明したレイタが寂しげに見えたのか、腕白坊主は慰めるように言ってきた。

「よく分かんないけど、レイちゃんはうちにいればいいんじゃない？　パパと麻里ねえ、オレと佳奈とコウとでグループを組めばいいよ」

「仲間にしてくれんの？」

「もう仲間じゃん？」

　亮にそう言われたのは単純に嬉しかった。

　レイタは一緒にゲームで遊ぶ亮に男同士の友情めいたものを抱いていたが、このどこか男臭い小学一年生に一層の親しみを覚えた——自分が守ってやる、と言われたような気がした。

　昼食が運ばれてくる前に病室を後にした。

　家に戻ってこちらも食事をした。

　タコスのシーズニングで炒《いた》めた挽肉《ひきにく》に味をつけ、レタスやチーズ、アボカド、トマトなどと一緒にトルティーヤに包んだ。

「これ、美味しいね」

「いつもレイちゃんは目新しいものを出してくれて嬉しいよ」

　麻里と佳奈には好評だった。

食べづらかったようで宏哉はトルティーヤと具を別々に食べていたが、クセのある味付けは気にしていなかった。

タコスを腹一杯に食べてから、麻里は部活に出かけて行った。

皿を洗っているときに思いついて、レイタは台所用洗剤でシャボン玉液を作ってみた。ストローで吹いてみせると、小さい二人は歓声を上げた。

「そのストロー貸して。レイちゃん、わたしもやりたい」

「僕もシャボン玉！」

乳酸飲料の空き瓶にそれぞれシャボン玉液を作り、ストローの先端をギザギザに切った。

「液が垂れるといけないから、外でやろうね」

「それなら、屋上がいいよ。車も来ないし」

レイタは屋上に出るのは初めてだった。

屋上への階段は雨天に洗濯物が干せるようになっていて、そこを上がりきったところに扉がある。好んで乾燥機を使っていたので、ここまで足を踏み入れたことは今までなかった。

島崎邸の屋上は思っていたよりも広かった。

ぐるりと外周に土が敷かれ、今は雑草が伸び放題だったが、かつてはいろいろと植えられていたようだ。

ひとしきりシャボン玉を吹いて遊んだ後、少し片付けてみることにした。

まずはひっくり返っていたベンチやテーブルセットを起こし、風雨に晒《さら》されたバーベキューコンロや空っぽのハンギングプランターなど、転がっていたガラクタ類を隅に寄せた。

宏哉が錆《さ》びた三輪車で遊び始めると、草むしりを始めた。

「わたしもやる！」

佳奈が手伝ってくれた。

三十分くらい雑草を毟《むし》っただけで、独力で何年かを生き抜いた植栽――バラやあじさい、ユッカ、アマリリスなどの姿が露《あら》わになった。

雑草かと思いきや、北側の一角はハーブ畑になっていた。バジルやミント、カモミール、レモングラスなどが入り交じってけなげに生息していた。

よくよく見れば、シソや万能ネギもある。

「これ、食べられる草なんだよ」

佳奈に示すと、この物静かな少女にしては顕著な反応があった。

「そうなの？　お野菜なのね」

「野菜と呼べるかどうかは分からないけど。おさしみについている緑の葉っぱ、見たことあるよね？　シソだよ。で、こっちはお茶みたいに飲み物を作れるやつ。匂いを嗅いでごらん」

「わあ、レモンみたいな匂い。お茶に出来るの？　飲んでみたい」

レモングラスを収穫し、家の中へと戻った。

はちみつを入れたレモン味のハーブティを作ると、小さい二人は喜んで飲んだ。

「おねえちゃんの好きなミントは鼻がつーんとしてイヤだけど、これはすっごく美味しいね」

佳奈が亮にも飲ませたいと言ったので、水筒を用意した。

いつもより早い時間だったが、二時半にまた亮の見舞いに出かけた——四歳の宏哉にはちょうどいい散歩コースだ。

夕方は眠くなった宏哉を背に負ぶって帰宅した。

宏哉をベッドに寝かせ、佳奈とおやつにクレープを焼いているところへ、麻里が友だちをぞろぞろ引き連れて帰ってきた。

「いい匂い。レイちゃん、何作ってんの？　ホットケーキ？」

「クレープだよ」

「わーお、家でも作れるんだね」

麻里の連れは同じ中学校のダンス部員たちだった。

レイタを見るなり、五人は口々に驚きの声を発した。

「うわ、すっご…マジで本人！」

「麻里がふかしてんのかと思ってたよ」

「身体ほっそ、顔ちっさ」

「うち、芸能人を間近で見んの初めてだわあ」

麻里は口の前に指を立て、しーっと沈黙を要求する仕草をした。

「レイちゃんがうちにいること、言わないでよ。騒ぎになるから」

レイタはふっと笑った。

「騒ぎになんかならないでしょ。ずっとテレビに出てなかったから、もう誰って感じだよ」

「芸能界、やめちゃったんですか？」

勿体《もったい》ないとばかりに言われ、レイタは苦笑した。

「ドラマ、出てましたよね？　探偵のお手伝いをする美容師さんの役」

「五年も前だよ。よく覚えてたね」

「お姉ちゃんがファンだったんです」

「ほぉら、過去形」

レイタはホットプレートに広げたクレープをひっくり返した。

「食べたいんなら、みんな手を洗っておいでよ。麻里ちゃんは頼むことあるから、急いでね。バナナ切って、生クリームを泡立ててくれなきゃ」

次から次へとクレープを焼いた。

トッピングはバナナと生クリームとチョコレートシロップのつもりだったが、昨夜安西が土産に持ってきたアイスクリームも取り出され、ナッツにクリームチーズ、いっそシンプルなバターとはちみつも喜ばれた。

女子中学生六人はよく食べ、よくしゃべった。それをそばで聞いているだけで仲間になれたと思ったのか、小学一年生の佳奈も楽しそうだ。

ダンス部員たちはレイタに振り付けについて意見を求めた。

「ここじゃなんだから、屋上に出ようか。ちょっと踊ってみせるよ」

夕闇が迫る中、屋上でダンスの講習をした。フォーメーションの指示も出し、短時間で一曲を仕上げてしまう。

「やっぱりプロだよ！」

ダンス部員が帰る頃、やっと宏哉が目を覚ました。

麻里の仲間と遊びたかったと拗《す》ねかけたが、宏哉の分として残してあったクレープに喜んで齧《かじ》り付いた。

夜は食事前に麻里が妹弟を風呂に入れてくれた。

ホットプレートを仕舞わずに、夕飯はお好み焼きにした。その匂いを嗅ぎ付けたように、昨夜に引き続いて安西が訪ねてきた。

休日出勤だったのか、彼はスーツ姿だった。ネクタイを緩めないままで、かなり上手にお好み焼きをひっくり返してみせた。

夜の連絡タイムまで居座り、島崎とも話して行った。

「レイタくん、わたしが口説いてみてもいいですかね？　昨夜に引き続き、今夜のお好み焼きもすごく美味しかった。わたしにはレイタくんが必要なのかもしれません」

『何を言うか、この女好きが』

冗談めいた申し出は島崎に一蹴された。

『あの子を必要としているのはオレだからな』

「三角関係ということになりますね」

『オレに勝てるとでも？』

「自信はありませんが、今現在すぐ側《そば》にいるのはわたしですよ」

そこで安西はレイタはぐいっと引き寄せたので、おそらく島崎は一つフレームの中に収まった二人を見ることになった。

島崎は苦い顔をした。

『子供の前で変なことをしないでほしいな、元ホスト。そこに麻里もいるんだろ？』

「いますね。一生懸命に二次方程式を解いているところです。わたしは元ホストの前に元教育者でもありますから、お子さんたちには配慮しますよ。ご安心ください」

続けて安西が仕事の報告をした後、レイタに替わった。

安西の口の上手さに気をつけろと警告した上で、明日は出来るだけ早い時間に戻ると言った。

『それまでオレのスクショでも眺めて、ご褒美のことを考えていればいい』

スクリーンショットを撮ったことはばれていた。

「……ごめんなさい。でも、どこへも画像を上げたりしませんよ」

島崎は愉快そうに笑い、高慢に言い放った。

『なに、CIMAグループの総帥が美男だということは周知の事実だ。構わないよ。バスローブ姿に身悶《みもだ》えして貰うのも悪くないね』

＊

日曜日も早い時間に掃除と洗濯を済ませ、昨日に引き続きぞろぞろと亮を見舞った。かわるがわるゲームをして遊び、昼食が運ばれてくる頃にいったん家に戻った。

途中で空模様が怪しくなってきた。

最後は早足になり、どうにか雨の降り出しまでに玄関に辿《たど》り着いた。

テレビの天気予報によれば、日本列島をほとんど丸ごと雨雲が覆いつつあるようだ。強風と雷への注意がなされた。

雲の上の様子までは話題に上がらなかったが、島崎が札幌《さっぽろ》から乗ってくる予定の飛行機が飛ぶかどうかは微妙なところか。

昼は魚介類を入れたトマトソースのパスタにした。

ダイニングテーブルでの会話は途切れがちだった。パスタは美味だったが、みんなが窓の外を気にしていた。

分厚くなった雨雲のせいで、だんだん夕方のように暗くなってきた。昼間にもかかわらず、電気を点《つ》けねばならなくなった。

食べ終わった頃には雷鳴が轟《とどろ》き始めた。

窓に稲光が走ると、いつもは気丈な麻里が女の子らしく「きゃあっ」という悲鳴を上げた。

そのときはびっくりして声も出さなかったのに、次の稲光が空を割るのを見るや佳奈と宏哉も悲鳴を上げながらレイタに飛びついてきた――幼い者は恐怖を年長者から学ぶ。

「大丈夫だよ、雷は家の中まで入ってこないから」

レイタは強いて平静を装ったが、怯《おび》えを放つ者たちに囲まれているとそうもいかない。

（……島崎さんの飛行機、大丈夫かな？）

ちっぽけな人間からすると、大自然の営みは脅威だ。雷はもとより、地震も火山の噴火も台風にも太刀打ちできない。

飛行機は丈夫に造られているのだろうが、それにしたところで人間が造ったものでしかない。

ぷつっと電気が消えた。

停電である。

「暗いの嫌だよぉ」

宏哉が泣き出す。

「麻里ちゃん、懐中電灯はどこにあるか知ってる?」

「確実なのはガレージのロッカーよ。あ、アロマのロウソクなら、ママの机の引き出しよ」

「それで充分。取ってくるね」

しがみついている宏哉を抱いたままでレイタは島崎の部屋に行き、くだんのライティング・ビューローの引き出しからロウソクと百円ライターを取ってきた。

(お母さん、キャンドルをお借りします。子供たちを暗闇から守ってくださいね)

薄い紫のロウソクに火を灯《とも》すと、ほんのりとラベンダーの香りが漂ってきた。その香りに包まれ、まず麻里が落ち着きを取り戻した。

「いい匂いがするの、分かる? ラベンダーって紫の花の匂い、リラックス効果があるんだよ」

佳奈と宏哉はくんくん匂いを嗅いだ。

「いい匂い…かな?」

「これ、わたしは知っているかも。ママのハンカチも同じ匂いがしたよ」

「うん、そうだね。よく覚えていたね、佳奈。ママはハンドバッグにいつもラベンダーの匂い袋を入れていたの」

「ママって?」

宏哉が首を傾げた。

「コウくんにはいないんでしょ？」

佳奈が答える。

「ママはいたよ、前は。でも、死んじゃったんだ」

「死んじゃった？」

麻里はレイタに目を向けてきたが、説明する言葉を持たないレイタはただ首を横に振るだけだ。他に出来ることもなく、佳奈の背中をそっと撫《な》でていた。

「お空の人になったってことよ」

麻里はさばさばと言ってのけたものの、すぐに語調を緩めた。

「ママは一緒にいられなくなったけど、いつもお空の上からコウくんや佳奈ちゃん、亮やわたしのことを見守ってくれているのよ。パパのこともね、きっと」

「パパのこともね」

なんとなく繰り返した宏哉だったが、ややあってから真上を向いた。

「それなら、ゴロゴロさんを止めてくださいな」

その訴えが聞き入れられたのか、雷は急に遠ざかり始めた。

幽《かす》かになった最後の雷鳴を掻《か》き消したのは雨音だった。雷雲が移動すると、バケツをひっくり返したかのような激しい雨が降り出した。

薄暗いせいか、雨音がバラバラとやけに大きい――雨は地上の全ての物の上に叩きつけるかのように降り注ぐ。

とはいえ、激しい雨音にもいずれは馴《な》れる。

ロウソクの炎に目をあぶられ、最初にうとうとし始めたのは宏哉だった。

レイタの膝に頭を乗せて小さな弟が寝入ってしまうと、麻里はテレビ台の引き出しから膝掛けを取り出した。

しばらくすると、さすがに雨音は少し弱まってきた。そのシャラシャラという単調な音に耳を傾けるうち、佳奈もまた寝入ってしまった。

レイタと麻里は眠らずに、黙ってロウソクを眺め続けた。

麻里がぽそりと言った。

「……パパ、今日は戻ってこないかもね」

「それなら、戻りは明日だね」

「明日の飛行機に変えられたんならいいけれど、無理に今日の飛行機に乗って、それが雷に打たれて墜落したらどうしよう」

大人びているとはいえ、麻里はまだ中学生だ。

母を失い、義父である島崎が頼りである。その島崎がいなくなったらと想像し、不安になってしまうのは無理からぬこと。

「墜落なんかしないよ、大丈夫」

レイタは言って、麻里の頭に掌を置いた。

「そうかな」

「パパは無事に帰ってくるよ。お土産にメロンのチョコレートを約束したんだよね？」

「チョコレートなんかいらない。パパが無事に戻ってきてくれればそれでいいの」

レイタは強いてのんびりした口調で言った。

「僕はね、アスパラやメロン、乳製品、海産物をたくさん買ってきてって頼んだよ。お菓子なら修道院のクッキーやバター飴《あめ》、生キャラメルはマストだね。チーズケーキもいい」

「レイちゃん、意外と欲深だね？」

「北海道《ほっかいどう》の食べ物はみんな美味しいんだよ」

「北海道、行ったことってある？」

「あるよ、何回か。売れっ子だったときにツアーで。観光はさせて貰えなかったけど、ケータリングでコーン入りの味噌《みそ》ラーメンを食べたよ。スープカレーも美味かったなあ」

「そうなの？　それなら、わたしもいつか行きたいな」

「自分で行くなら、まりもの湖や最北端の刑務所を訪ねたらいい」

「刑務所が観光地なの？」

「そう。面白いらしいよ」

そんなことをつらつらと話しているうち、いつの間にか雨音は聞こえなくなっていた。

窓の外も心なしか明るくなってきたような……。

見れば、空を覆っていた雲の一部が黄色く滲んでいる——たぶんそこに太陽が潜んでいて、雨雲を一掃する力を取り戻そうとしていた。

空はかなりのスピードで西へ西へと流れ、薄く伸ばされた雲が千切れ飛んでいく。

雲と雲の裂け目から何本もの光の柱が下りてきた。

「……なんだか天地創世って感じ」

こういう光景を描いた宗教画は存在する。

神々しさを前に、相手に共感を見出《みいだ》そうとレイタと麻里は目配せを交わした。

とうとう雨が止《や》んだ。

雲が消え、青空が広がり始める。太陽の光が窓一杯に迫ってくると、ガラスにしがみついた水滴が虹色に輝き出した。

背後に耳に覚えのある男の声がした。

「ただいま」

振り向くと、リヴィングの扉が開いて島崎が現れた。

正面からの陽光を全身で受け止めた姿は眩《まぶ》しい。出張から戻ったビジネスマンというよりも、むしろ太陽と共に帰還したヒーローだ。

（……なんなの、この主人公感は！）

無事に帰宅してくれたことにホッとする前に、なにやら呆《あき》れた気分になった――カメラ慣れはしていないはずなのに、なぜこんなにもスポットライトの中が似合うのか。

映画やドラマのクライマックスのシーンである。

「パパ！」

麻里が立ち上がり、その腕にぶら下がりに行く。

「お土産、お土産はどこよ？」

「ここにいっぱいあるぞ」

ようやっと目が眩しさに馴れ、紙袋を持ち上げて破顔する島崎の顔が見えた。男らしく整った顔立ちに白い歯が光る。

「お疲れさまです」

レイタが言うと、お疲れと返ってきた。

「ちゃんときみのぶんもあるからな」

「嬉しいな」

口に出したことで実感した。

(この家のたった一人の親だもん、無事に戻ってきてくれて嬉しいよ)

するすると緊張が解けた――無自覚ながら、留守を預かっていた間は気を張っていたのだ。

宏哉が昼寝から目覚めるのを待ち、島崎を先頭にみんなで亮のところへ見舞いに行った。

「亮、いい子にしてたか？」

父親に言われ、亮は腕白小僧らしいにやり笑いをした。

「パパが言ったとおり、ここの看護師さんたちは美人だらけだったよ。小さい子ぶって甘えまくってやった。レイちゃんが買ってくれたパジャマが似合うってさ」

「な、入院生活も悪くないだろ？」

「でも、家に早く帰りたい。病室のテレビはチャンネルが少ないんだもん」

看護師長に島崎が聞いたところによれば、明日の午前中の回診次第で退院が決まるだろうとのことだった。

夕飯は北海道土産のエビとホタテ、アスパラを使ってレイタがパエリアを作った。

ホットプレートで手軽に調理する様子に島崎は感心した。

「レイタくん、すごいな。パエリアを家で食べられるなんてびっくりだよ」

自分の手柄のように佳奈が言った。

「レイちゃんはお料理が上手だよ。わたしたち、毎日美味しいものを食べさせて貰っていたの」

「ザラニアが好きになったよ！」

と、宏哉。

「ラザニアだよ、コウくん。ラ・ザ・ニ・ア」

麻里が直させようとする。

「うん、ザラニアだよね。また作ってね」

「わたしの友だちが来たときには、クレープ屋さんをしてくれたんだ」

「クレープ？　ああ、原宿《はらじゅく》で売っている春巻きの皮みたいな薄いパンケーキか」

「いやだ、パパ。クレープとパンケーキじゃ全然違うから」

デザートにメロンを切った。

出張から戻った父親は子供たちが自分の留守中を無事に過ごしていたと知り、満足そうな顔を見せた。

レイタにも複数回ありがとうと言ってきた。

子供たち、レイタ…と順番に風呂に入り、最後に島崎が入るとなってタンスから着替えを取り出したときだった。

「なんだかタンスの中身が変わってるんだが？」

男の憤慨は想定内だった。

「生地がくたびれていたので、一新しておきましたよ。忙しいと、下着の買い替え時ってつい逃してしまいますよね」

レイタは気を遣った物言いをしたのに、島崎はまだ着られたはずだとぶつぶつ言った。

それでも下着とシャツを携えて風呂場に向かい、入浴後は眉間に縦皺《たてじわ》を寄せた愉快ならざる表情でリヴィングに戻ってきた。

「タオルも買い替えたんだな」

「ひどいのは雑巾用に抜き、一部をホテル仕様にしてみました。佳奈ちゃんが大絶賛ですよ」

「レイちゃんが買ってくれたタオル、ふわふわでいい匂いがするのよ」

宏哉も言う。

「そう、ふわふわなの」

小さい二人が新しいタオルの気持ちよさをアピールするも、島崎には無駄遣いだと決めつけられた。

「何かあったらいけないからと多めに金を渡したが、使い切れとは言ってないが？ 残ったらきみのものにしていいと言われたら、普通はせいぜい倹約して自分の取り分が多くなるようにするのが普通だろう」

「言われてみれば、それは…そうか」

しかし、後悔はない。レイタ的には預かった金を無駄に使ったとは思っていないからだ。

「島崎さんの衣類を勝手に買い替えたのは謝りますが、この家のタオルやスリッパ、シーツ、布団カバーは取り替え時だったと思いますよ。出来れば、タオルケットやカーテンなども替えたかった」

「穴は開いていないだろ、まだ大丈夫だ」

むっつりと言った島崎に、この機に乗じるように麻里が度を越した倹約はどうかと迫った。

「パパ、タオルがふわふわで気持ち良くない？　今穿いている新しいパンツ、部屋着はどう？」

「新しいものを着用する気持ち良さは否定しない」

そこは認めつつも、島崎は買い替える必要はなかったと主張した。

「新品の気持ちよさなんて一過性のものだ。そこに強い意味はない。なにせ一回でも使用すれば、そいつはもう新品ではなくなるんだからな」

島崎の主張は分かるような分からないような……レイタが宏哉を真似て首を傾げると、麻里がお手上げのポーズをした。


その日、七歳と四歳を寝かしつけたのは父親だった。

彼がリヴィングに戻ってくると、早速に預かり金の精算を行った。

「残金はこれだけです」

レイタは渡されていた財布から現金を出した。

一万円札が三十枚入っていたはずが、今はもう二枚しか残っていない。後はバラバラと小銭のみだ。

「レシートはここに」

クリップで留めた束を渡した。

島崎がざっと目を通した。

「随分と無駄に使ったもんだ」

「そうですかね？　ほとんど消耗品しか買ってないんですけど……」

「オレ的にはまだ買い替える必要はなかったものだ。まぁこれだけの品を持ち帰るのはさぞかし大変だったろうと想像はするよ。でも、いくら何でも金をかけすぎだ。全てのものが相場の三倍から五倍の値段だね。購入先がデパートではこうなるんだろうが、これらの消耗品をデパートで揃《そろ》えるとは……ちょっと常識を疑ってしまうな」

「はあ、非常識と」

自分の常識に自信があったわけではないが、面と向かって指摘されたのは初めてだった。

島崎はつけつけと続けた。

「個人的に言うと、なぜ一枚四千円もするパンツを穿かねばならないのか。意味が分からない」

「高い…ですか」

「高いよ。パンツなんてスーパー東友《とうゆう》にある三枚セットで充分だ」

イタリア製の高級スーツを着ている男の愛用品が、大手スーパー東友のオリジナル・ブランドのものであるほうがレイタ的には理解出来ない。むしろ非常識に思われる。

おまけに、それを穴が開くまで穿くのが島崎の流儀らしい。

「そ…その一枚三百円ちょっとの品を使い捨てるんではなく、何度も何十回も洗っては着用するわけですよね?」

「そうだ」

誇らしげに頷かれてしまう。

(上京してから、僕の周りには二千円以下のパンツを穿いている人なんかいなかったな。お馴染みのブランド名がゴムにずらっとプリントされているのが普通というか……)

もっとも、芸能人は一般人とは身に着けるものが違う。

人にうっとり眺められるのが仕事――憧れられてこその存在なので、衣服にしろ、アクセサリーにしろ、当然のようにハイ・ブランドや半オーダーの一点物を着用するのが普通だ。

自分で購入する前に、メーカーやデザイナーにぜひ着てほしいと提供されることもある。

衣服が高価だったり、値段のつかないようなものだったりするので、それに見合った下着を当然のように選ぶ。

(う…ん、これって価値観の違い? 布やゴムの善し悪しで、穿き心地とか変わってくると思うけど……それに、芸能人じゃなくたって、人に見られる場面が全くないわけじゃないよね)

たかがパンツ、されどパンツだ。

面食らっていると、女子中学生がズバリと言ってくれた。

「パパのケチっぷりにはどん引きよね」

そう——理解うんぬんの前に、どん引きなのだ。

レイタが頷く間もなく、島崎は「ケチとは何だ」と娘に言い返した。

「オレはただ不必要なことに金をかけたくないだけだ。たとえ年収が一億あろうとも、一般的な人間が年に二百万で生活出来るとしたら、オレも出来るだけ年二百万円で生活する。身の回りの全てを年収に見合うとされる高級品で固める必要があるだろうか。そんな生活をしていたら、貯《た》められる金も貯められなくなるぞ」

「でも、僕が処分した島崎さんの下着は、年二百万円で生活する人でさえもとっくに捨ててる状態だったと思うんですけど……」

「いや、まだ処分には早い。オレはもっと穿くつもりだった」

「…ったく、ケチな上に頑固なんだから」

溜息《ためいき》を吐《つ》いてみせる娘に、父親は心外だと吐き捨てた。

「柔軟性はちゃんとあるつもりだ。自分について主義は曲げないが、お前たちにはすり切れる前に服でも何でも買い与えているだろう?」

「すり切れる前にサイズアウトするから、買わないわけにはいかないだけでしょ。下着だけじゃなく、男の子たちの服なんてスーパー東友のやつだし」

「それで充分だろ?」

「パパさぁ、ゴルフとかジム、たまにはサウナとかも行くんでしょ。そのとき、薄っぺらの東友パンツじゃ恥ずかしいって思ったことはないの？　一緒に行く人たちって、それなりの地位の人だよね。一枚のパンツに五千円かける人たちじゃないの?」

「他人のパンツの値段に興味なんて持つものか。薄っぺらだろうが、穿いていることに意義があるんだ。穴が開いてないなら、オレはぜんぜん気にしないね。さっさと着替えるし、他人のパンツなんて誰もじろじろ見たりしない」

「さっさと着替えてるわけだ」

「着替えが早いのは習慣だ。よれたパンツを見られたくないと慌ててるわけではないよ」

「気づいてる人、いると思うけどな。きっと見て見ぬふりしてくれてるんだよ、今はシングルだし…って」

「気の毒に思われてるって言うのか?」

「かもよ」

父と娘の言い合いは延々と続いた――クールな抜け目ないビジネスマンといったイメージの島崎が、女子中学生である娘相手にむきになって反論しているさまはいただけない。

(島崎さん、だいぶクセ強いな……服装の外と内もギャップありすぎだ)

ギャップを感じたことは他にもある。

例えば、出張前のエロティックなキスからビジネスモードへの切り替えだ。

(あの落差にはついていけなかったな)

とはいえ、振り幅のある人間は概して魅力的に見えるもの。

思い出してレイタが苦笑している間に、父娘の話題は少しずつずれ始めた——高収入の人間が吝嗇家《りんしょくか》だと経済が回らなくなると娘が言い出したのに、父親が経済を絡めた話で受けたからだった。

もはや下着の話ではない。

経済を回そうと今政府が主導している方法は良策なのか、愚策なのか……また、改良するとなればどこをどうすべきなのか。

世間知に疎いレイタは内容を理解するのを諦めた。会話を右耳から左耳へと流しながら、父と娘の顔を交互に眺める。

血の繋《つな》がりはないので外見的に似てはいないが、中身のほうはよく似た二人だ。

父娘としての生活はそろそろ五年になるという。共にかけがえのない人を失い、幼い三人を守り、育てるための運命共同体だ。

(……ちゃんと親子なんだね)

それが見て取れるから、二人の仲裁には入らない。話題はともかくとして、この安定した関係を好ましく思った。

レイタの母親がシングルだったときの家の中や、デビューして五年たった頃のグループ内の空気もきっとこんなふうだった。なのに……。

「――…ってのはどうだ、レイタくん」

急に名を呼ばれ、はっと我に返った。

「レイちゃん、聞いてる？」

いつの間にか、今回の報酬の話になっていた。丸五日間のベビーシッター代として、十万円ではどうかと提示されていた。

「安すぎるか？」

「い、いえ…いらないですよ、とんでもない。僕、たくさんお金使っちゃったし、島崎家の子供たちはみんないい子だから、特に苦労はなかったですもん。仕事というより、親戚の家に遊びに来た感じでした」

「レイタくん、失礼なことを聞くけれど、お金は持ってるの？　ちゃんと貯金はしてある？余計なお世話かもしれないが、変な働き方をしていたよな」

「え、貯金？　ないですよ、ぜんぜん」

事務所を辞めるとき、もう援助出来なくなるかもしれないからと母親の口座に持っていた全てを振り込んだ。

手持ちはいつも乏しいが、どうとでもなるから気にならない。友だちや先輩の家に転がり込めば、とりあえず衣食住に不自由はない。月々のスマホ代が払えればそれでいい。

それを言うと、島崎父娘は同じ角度で首を傾げてきた。

「大人の男としてどうなの、レイちゃん。本当の意味では自立出来てないと思うよ」

「どうも…経済観念がおかしいな、きみ」

レイタは戸惑う——いけませんか、と。

いけません、と二人は同時に言ってきた。

「もう芸能界に戻る気はないんだよね？　戻りたいなら、オレも知り合いがいないわけじゃない、たぶん協力出来ると思う。どうしたい？」

島崎は言ってくれたが、レイタの心は動かなかった。

本気で復帰を望むとしたら、島崎に頼らなくても、たぶん電話一本で仕事を獲《と》ることは出来る。十年間、それなりの仕事をしてきたという自負はある。

しかし、やる気になれないのだ。そこが自分の居場所だと思えない。

デビューした十四歳のときから、ずっと『ザ・コネクト』のメンバーとして芸能活動をしてきた。もうグループはなくなってしまい、レイタはただのレイタになった。ただのレイタとしてカメラの前に立つことに抵抗がある。

「芸能界は…いいかな、もう」

「どんな仕事がしたいんだい？　十年後の自分の未来を描けるようでないと……」

「え…えーと」

即答は出来なかった。

ダンスと歌と芝居しかやってこなかったので、自分になにが出来るのか分からない。

一般的な男として働くことは出来るのだろうか。今は出来ないにしても、将来的に出来るようになる可能性はあるのか。

「……サラリーマンとして働き、結婚して家庭を持ちたい…かな」

そう口にしてみたが、現実味のなさに笑えてきた——一般的にはささやかな望みかもしれないにせよ、レイタ的には遥《はる》か彼方に見る幻のような自分の姿だ。

「レイちゃんがサラリーマン？」

似合わないよと麻里は首を横に振ったが、島崎はしごく真面目に提案してきた。

「それを実現させるためには、まず月々二十万円ほどで生活が出来るかやってみる必要があるな、きみの場合。もちろん知人に寄生することなく、家賃も食費もそこから自分で払っていくんだよ。それが身の丈に合った全《まっと》うな生き方ってやつだから」

「そうなんでしょうね」

友だちにしろ先輩にしろ、芸能界の周辺にいる人たちだ。彼らに頼っているうちは、別の生き方なんて出来るわけはないのかもしれない。

「仕事も住むところも紹介してやれるが、まずは一般的な消費生活を知るところから始めないとすぐに破綻してしまうだろう」

「三枚で千円のパンツを穿く生活をしろって？」

麻里が揚げ足をとろうとすると、父親は混ぜっ返すなと叱りつけた。

「明日の午後に亮が退院することになりそうだから、昼間亮といてくれるベビーシッターを探すつもりだった。きみが続けてここにいてくれるなら助かる。そのとき、この家の食事を五日間一万円でやってみてほしい。米や酒代は含めない」

「子供四人に大人二人で一万円ですか？」

とても足りないと思われた。

「デパ地下や輸入食品店は諦めて、スーパー東友と八百屋を賢く利用すれば達成可能なミッションだと思うがな。どうする？　やれるかい？」

「やってみましょう…か」

レイタ的には自分の金銭感覚がおかしいとは思わない上、提示された金額でのやりくりにはいまいち自信はなかったが、夜露を凌《しの》げる屋根が五日間も連続で確保出来るというのは悪い話ではなかった。

「やったー！」

麻里が歓声を上げた。

「知らない人を家に上げるのって、ホント嫌なのよ。家中の引き出しを開けまくったり、大人しい佳奈に意地悪したり…ね。最悪なのは、パパの前でだけちゃんと働く人、媚《こ》びを売る人。有名な家政婦紹介所から派遣されて来た人だってそんなんだから、油断出来ないの」

「レイタくんだって、五日前は初対面だったがな」

「それはそうなんだけど、レイちゃんはちょっと違うから……芸能人ってことじゃなくてね、なんか損得で動いてないから」

「そうだな、そこだ」

島崎が麻里に同意した。

「外見同様、中身まで浮世離れしているんだよ。一般人としてのまともな損得勘定を身に着けないと、悪いヤツらに騙されかねないな」

麻里が自分の部屋に引き上げていき、リヴィングに男二人が残された。

島崎は冷蔵庫から缶ビールを取ってきて、レイタにも一缶渡してくれた。

「オレがいない間、一缶も飲まなかったの？」

「子供たちを預かってましたから……夜中になにかあったとして、酔っ払ってたら動けないでしょ。それに、そもそも僕は一人では飲まないんです」

「真面目だな。麻里が言ったように、きみはホントに損得で動いてないんだな。この五日間のこと、改めて礼を言わなきゃな」

乾杯して、それぞれ飲んだ。

「美味いっ」

島崎の飲みっぷりはまるで缶ビールのＣＭだ。

レイタが三万円超で購入したサテンシルク地のパジャマがよく似合う。色もシルバーグレイで正解だ。そのままファッション誌に掲載されてもおかしくはない。

（イケメンはこうでなくっちゃ）

金を使いすぎだと厳しく言われはしたものの、その実レイタは満足していた。この家は経済状況が悪くないのだから、金の使い方を間違ったとはやはり思わない。

「なにかサカナが欲しいな」

島崎は早くも二缶目を求めてキッチンに戻り、ついでに北海道で買ってきた鮭《さけ》とばとゴーダチーズのせんべいを持ってきた。

鮭とばは柔らかくて食べやすく、チーズせんべいも美味だった。

「しょっぱさがちょうどいいですね」

「ちゃんと試食して買ったからな」

それにしても、ソファの肘掛けのほうへ少し身体を傾け、ビールを手に寛《くつろ》いでいる島崎の姿の優雅さは何とも言えない。洗ったままの前髪が額に下りているせいか、ひどく若く見えた。

「なに？」

顎をしゃくられ、じろじろと見すぎていたのに気づく——羞恥は誤魔化せなくて、たちまち耳まで熱くなってきた。

「……だって、カッコイイから。そのパジャマにして正解」

島崎はくっくと喉で笑った。

「ひやっとしていいよな、シルクって」

「でしょう?」

顔を上げてくれと言われたのに、かえってぷいと背けてしまった。世慣れたふりで笑ってみせるべきだったが、なぜだろう——そんな小細工をする余裕がなかった。

演技が出来なくなっているのは致命傷だ。

島崎の視線はレイタの目尻の辺りに当たっていた。そこが、にわかにひどく熱くなる。

視線は順に頬、唇の横へと移動してきた。

「な…なんで見るの?」

無防備な自分が心許《こころもと》ない。

「先に見てきたのはそっちだが?」

「それはそう…だけど、ちゃんとカッコイイって理由を言いましたよ」

「どんな顔でそれを言ったのか見たいんだ」

「い…いやだ」

両手で顔を覆った。

「ろくに恋愛経験がないってのは本当かい？」

「……ホント」

だから、まじまじと見るのは止めて欲しい。

「留守番中、一回でもオレとのキスを思い出した？」

「思い出さなかった」

「嘘《うそ》をつくんじゃないよ」

島崎はまた喉で笑った。

その楽しそうな響きに、笑顔が見たいと思ってしまった。スクショはあるが、今は本人がいるのだから生で見たい。

レイタは顔から手を外した。

様子を窺ったら、すぐに逸らすはずだった視線がたちまちのうちに捕まってしまう。男の視線に絡め取られ、もう動かすことが出来なかった。

相手の目に怯えた表情をした自分を見る。

（本当に人を好きになったとき、自分がどうなるか…分からない）

溺れてしまうんだろうか。

レイタの母がそうだったように、昼も夜も相手のことしか考えられなくなる状態に陥るのは恐ろしい。

　自分の命よりも大事だと言っていた子供を家に残し、彼女は男を追いかけて行った——最初は三日、そして一週間も。

　幼かったレイタは母の帰りを待つしかなかった。

　そんなレイタの怯えを察したのだろうか、島崎の目がふっと和らいだ。

「取って食うつもりはないよ」

　手を伸ばし、レイタの頬に触れてきた。

「……顔、小さいな。宏哉とあまり変わらない」

　しみじみ言った声が優しい。

　覗き込んできた目の中に見た自分はもう怯えていなかった。

　男が次に仕掛けてくることを待つ。キスなのか、それともハグか。最初のキスは唇にするとして、次はどこ……？

　性的にではなく、もっぱら好奇心で五感が鋭くなっていた。

　頬を撫でていた手が移動し、耳たぶに触れてくる。そこが自分の性感帯という自覚はなかったが、何かが背筋を駆け抜けていく……。

　我知らず開いた口から、はあっと吐息が零《こぼ》れた。

（キス…してほしいな）

淡く性欲が湧いてきた。

しかし、男はレイタの顔を眺めながら、耳たぶをまだ弄《いじ》っている。ひんやりした餅菓子のような感触が好ましいのかもしれない。

そういう幼児はたまにいる。たとえばレイタの十歳下の妹だ。彼女はいつも兄の耳を触りながら眠りに就いた。

おもむろにぱくっと食いつかれ、目を見開く——歯は立てられなかったが、瞬間的に口腔《こうこう》の熱を痛みとして感じた。

舌がピアス穴を抉《えぐ》ろうとするくすぐったさに首を竦めた。

「あ、そうか。ピアスが……」

そう呟いて、男はソファから立って行く。

慌ただしくバッグを探ると、不自然に折り曲げたハンカチを出してきた。

「これを返さないといけなかった」

ハンカチの真ん中に預けたダイヤモンドのピアスが挿してあった。島崎はそれを外して、レイタの掌《てのひら》に乗せた。

「お母さんに貰ったたって言ってたね、大事なものだ。これ、本物のダイヤだよ。小ぶりだが、婚約指輪にするような純度の高いやつだ」

「そ…うなんだ」

何番目の相手だったかは忘れたが、男に金を全て持ち逃げされて、明日食べるものにも困った母親は身の回りにあった金目のものを現金に替えたことがあった。

それを免れたものが本物のダイヤだったとは驚きだ。

ああ、と思った。

（もしかしたら、僕の父親に貰ったやつかな）

母親は少なくとも四回結婚したが、ちゃんと手順を踏んだのは一番最初の結婚、レイタの父親とのときだけだ。

結婚してわずか半年、レイタが生まれる前に彼は事故で亡くなったと聞いている。

母は言っていた。

『レイのパパが生きていたら、絶対こんな人生じゃなかったのよ』

最初の夫がくれた指輪を売ることもせずに持っていた上、十四歳で家を出ることになった息子に渡した。

それは愛かもしれない……ああ、たぶん愛だ。

指先が震えてきたが、レイタはどうにかピアスを左耳につけた。

手の震えはその後も収まらず、レイタは両手をぎゅっと握り締めた。

「どうした?」

「ちょっと…ね、母親のことを考えちゃいました」

「実家はどこなの？」

「郡山《こおりやま》です、福島県《ふくしま》の」

どこにでもある地方都市。

「母親にはもうずっと会ってないんです。再婚相手と今回は続いているみたいだから、かえって顔を出しにくくて……──」

「再婚ってことは離婚経験があるんだ？」

「死別と離婚が二回くらいかな」

「なかなか複雑な家庭で育ったんだな」

「父親が違う弟妹がうじゃうじゃいて……僕が一番上だったから、母親が働きに出ているときは面倒をみてましたよ」

「だから子供の扱いが上手いのか」

子供の相手もそうだが、大人の女性の相手も得意だった──家の中でたった一人の働ける大人である母親の顔色を常に窺い、大好きだよ、きれいだよと声をかけ、笑わせ、家事や育児をせっせと手伝っていた。

しかし、母親が最も求めていたのは、子供たちとの楽しい家庭ではなくて、ずっと一緒にいてくれる自分専用の男だった……と、ずっとそう思ってきた。

「扱う…とか、ないですよ。僕はただ一緒にいて、一緒に食事をするだけですから」

「結局、それが一番大事なのかもしれないな」

また島崎が耳に触れてきた。

ピアスを嵌《は》めた耳たぶにはとどまらず、こりこりした外側を辿《たど》ってから、複雑な軟骨の迷路を探る。

「……っ」

首を竦めてしまうほどくすぐったいが、どうしてか甘い気分に誘われた。

そんな自分を誤魔化しながら、レイタは尋ねた。

「島崎さん、兄弟は？」

「オレは一人っ子だよ。家は裕福で、何も心配がない幸せな子供時代だったんだ。中学まではね。高校のときに親父《おやじ》の会社が不渡りを出し、両親はオレを残して崖からダイブした。大学時代はとにかく金が無くて……いろいろバイトしているうちに、いっそ起業しちまおうってことになったんだ。そして、今に至る…だ」

島崎はなんでもないことのようにつらつらと語ったが、その内容はかなり壮絶だった。

「な…なかなかハード…――」

「まぁね、妻にも死なれてしまったしね」

それを付け加えた上で、彼は自嘲する。

「でも、今は子供たちがいるし、孤独に泣くことはないな。なにが一番辛《つら》いって、夜中に一人ぼっちを実感するときだ」

「一人って気楽じゃないですか？」

今レイタは一人だ——地理的にも精神的にも家族は遠いし、グループも解散、事務所も辞めた。どこにも属していないのは心許ないが、気楽だと思っている。

義務も責任もないので、このまま空を飛べるかと思うくらいに心が軽い。

「それは強がりだよ」

ばっさりと島崎は断じた。

「心がスッカスカだと喜怒哀楽に鈍感になるが、その一方で変にリアルな悪夢ばかりを見るんだ。経験はない？　飛び起きても、まだ夜が明けてなかったりして……絶望は夢にあるのか、現実にあるのか分からなくなるんだ。リアルな痛みを求めて、悩める思春期女子がリストカットをするわけだ」

「……麻里ちゃんはリスカなんてしませんよ、絶対に」

レイタはきっぱり言って、島崎の肩に寄り掛かりにいく——同性の身体に自分から身を寄せるのは初めてだった。

特に抱き寄せられもしなかったが、歓迎されていないとは思わなかった。

「うん、我が娘は逞《たくま》しいよ、ありがたいことにね」

飽くことなく、まだ島崎はレイタの耳を弄《もてあそ》ぶ。

「……耳が好き？」

「唇の相性はもう分かったから、次は耳で感度を…ね」

身体のうちでも敏感な箇所の一つだと彼は言う。

「耳で分かるもんですか？」

「まあ、分かったような気にはなるね」

ふっと熱い息を吹きかけられ、瞬間的に身が竦んだ。

男の腕がやんわりとレイタを包んだ。

温《ぬく》もりに溜息を吐く。自分よりも大きな身体にすっぽりと抱かれるのは、自分の貧弱さを思い知らされるようで残念な気持ちになりかけるが、その一方では頼もしく、好ましく思ったりもする。

結果、拒めない。

「うちの子供たちは全員きみに懐いてしまったな」

島崎がくっと笑った。

「家に連れてきたのはオレなのに、なんだか乗り遅れた気分だよ。大人の男のやり方で距離を一気に詰めようかと思ってるんだが、きみを女性のように扱っていいものかな？」

「僕、女の子じゃないですよ」

「そうなんだよなあ。なし崩しにいっていいものか、実は戸惑っててね……責任を取るとか言えないし」

「責任？」

思わず笑ってしまった。

「男同士で責任うんぬんはないですよ。僕が拒んでないんだから、この場はよしとすればいいんじゃないです？」

レイタは自分からは誘わなかった——自分で選択しないというずるさを自覚しながらも、島崎に決断を任せてしまう。

「オレはきみの過去の相手と同列に並びたくはないんだ。好きになってもらってから抱いたほうがいいというのは分かっているんだが、今はこのまま抱きたい気持ちが強くてね。どうしたらいいんだろうか」

正直な男だ。

そんな彼にレイタのほうから進言した。

「いっそ抱いて惚《ほ》れさせてしまえば？　自信がない…とか、あなたにはないでしょ」

「ないとは言わないが、確実性には欠ける。オレは男の子とはあまり経験がないんでね」

あまりないということは、過去に一度や二度はあったということ。唾液が泡立つくらいの口づけをしたときから、全くの異性愛者というわけではないのは察していたが……。

「それに、しばらく恋愛からは遠ざかっていたからな」

「奥さまぶり？」

「そう。だから、かなり久しぶりだ。口説き方を一から思い出さなきゃならない」

「キス…しましょう」

結局レイタが誘ってしまった。

（この人、やっぱりずるい男…かも）

ちゅっと軽く唇を合わせてから、鼻先がつくほどの距離で見つめ合った。

視線での会話を始めようとしたときだった——ガチャ、とリヴィングの扉が開いた。

弾《はじ》かれたように、二人はバッと身を離した。

「レイちゃーん、コウくんと一緒に寝よ？」

顔を出したのは宏哉だった。

足音を立てると麻里が気づいて問答無用でベッドに戻すので、リヴィングに辿り着くために彼は忍び足で階段を降りてきたのだ。

「目が覚めちゃったんだね」

宏哉はとことこと走って、レイタに飛びついた。

「なんだ、パパはお呼びじゃないのかい？」

島崎は苦笑いだ。

「パパは僕のベッドで寝られないもん、おっきいから。ベッドが壊れちゃうでしょ」

「そうだよね。僕ならコウくんのベッドは壊れないもんね」

レイタは宏哉を抱き上げた。

「じゃ、トイレしてから寝ようね」

リヴィングを後にするレイタに、島崎は言った。

「右側、あけておこうか？　戻る気があるんなら」

「戻りますよ、たぶんね」


宏哉がぐっすりと眠ってしまうのを待ち、レイタは子供部屋をそっと出た。麻里も寝てしまったようで、彼女の部屋からは灯《あか》り漏れがしていなかった。

短い廊下を素足でひたひたと歩き、階段を降りた。

島崎家はしんと静まり返り、吹き抜けのはめ殺しの窓の外は真っ暗だった。本郷《ほんごう》通りの往来の音が遠く聞こえるだけ。

家主が戻るまで子供たちと数日を過ごし、この家が好きになっていた。壁の色や床の感触、匂いも気に入っている。

滞在はさらに五日延びたが、ずっといられないものかと考えてしまう。

（島崎さんと身体の関係になってしまえば、ここに置いて貰えるかな？）

打算的な考えが浮かんでくる。

とはいえ、現実的な問題が起きることも分かっていた。

島崎とは年齢差や体格差もあるが、経済的な格差が大きい。パートナーとして対等でいられるかどうかは危うい。

そして、男夫婦を子供たちがどう考えるのか――特に、思春期の麻里。世間体もある。

（……いろいろ難しいな。望むのは止めたほうがいい）

今はレイタを抱きたいと思っているようだが、島崎は一回のセックスで気が済んでしまうかもしれない。やっぱり男は違うと思われてもそこは仕方がないところだ。

レイタにしたところで、彼を好きになるかどうかは分からない。身体の相性が良かったとしても、共通の話題すらないようでは恋愛には至らないだろう。

それでも、一度は抱き合いたいと思うのは性欲ゆえか。

どうせするなら気に入ってほしい。

たった一回のセックスで、レイタの身体に夢中になってくれないものだろうか。自分の痩せた身体にそんな魅力があるとは思えないが……出来ることなら。

淡い期待よりも、むしろ緊張しながらレイタは島崎の寝室に足を向けた。フットライトの小さな灯りを頼りにリヴィングを抜け、寝室のドアを開けた。

低くいびきが聞こえてきた。

「……なんだ、寝ちゃってる」

　ぐっすり眠っているのなら、わざわざ起こす気にはなれない――五日間の出張から戻って、きっと彼は疲れているはず。

　右側は空けてあった。

　レイタはマットレスに衝撃を与えないように注意しながら、ベッドの中に滑り込んだ。掛け布団の中は男の体温で暖められていた。

「……おやすみなさい」

　呟いたとき、ホッとしている自分に気づいた。

　性急に身体を重ねずに済んだのは有り難かった。やっぱりもう少し彼についていろいろ知ったほうがいいと思う。

　嫌われたくない。

　このひたむきな思い……もしかして、本気の恋が始まろうとしているのか。

　温もりに誘われ、レイタは掛け布団の中で男の身体に躙《にじ》り寄った。

　抱きつかないだけの分別はあった。その肩に肩先を触れさせるだけで、早くも胸が一杯になってくる。

（顔が好き、匂いが好き。でも、ちょっと変わった人だよね。厳しいけど、エッチなところもあって……――）

　一家の大黒柱にして、いくつかの会社のトップらしい。

意外に苦労人なのもポイントが高い。

レイタは静かに瞼《まぶた》を閉じ、傍らの男のやや耳障りないびきに微笑む――吝嗇家以外の残念なところがまた一つ見つかった。

＊＊＊

明けて月曜日に島崎《しまざき》は午前中は出社し、午後は休んで亮《りょう》を退院させた。

家に戻ると亮に昼寝をするように言いつけて、島崎とレイタとで買い物に行くことになった。

「亮くん、なんか食べたいものある？」

「肉」

男の子らしい即答だ。

「肉の塊は消化に悪そうだから、ハンバーグはどうかな？」

「いいね、ハンバーグ！　おやつにグミが欲しいけど、あれも消化に悪い？」

「さあ、どうなんだろう。よく嚙《か》めば……――あ、北海道《ほっかいどう》のお土産のメロンゼリーがあるよ。お昼寝の後に出してあげる」

スーパーマーケットを目指し、肩を並べて歩き出した。

中間地点には古い店構えの八百屋がある。ここを通りながら、値段をざっと眺めるのがポイントだと島崎は言う。スーパーの食材が高ければ買わずに、帰りにここで購入するのが賢い消費生活だそうだ。

目的地へずんずん足を進めていく男二人はデートの雰囲気ではないが、レイタは人と歩くこと自体が新鮮だった。

島崎は私服姿だ。下こそ穿《は》き古したジーンズだが、上はレイタが購入したきれいめのサマーセーターを着用している。爽やかなミントグリーンがよく似合う。

庶民的なスーパーマーケットに入るのは、レイタにとっては久しぶりだった。野菜や肉、魚の値段をきちんと見るのも十数年ぶりになるのか。

（一日二千円で済ませなきゃならないもんな）

母親にお遣いを頼まれたとき、カレー用の豚こまに『おつとめ品』や『特売』のシールが貼ってあるものを買えと念を押されたのを思い出す。

島崎も同じように言った。

「この『徳用』ってシールが貼ってあるのを選ぶんだ。夜八時くらいになると、さらに『割引』のシールが貼られる。夜に買い物に来るのも一つの手だ」

「なるほど」

「今日はハンバーグってことで……ああ、この合い挽肉《びきにく》は安い。明日は麻婆豆腐《マーボーどうふ》にすると決めて、多めに買ってもいいかもしれない。鶏《とり》胸肉も安い。鶏料理は何が作れるんだい？」

99
セール

「トマト煮とか唐揚げ……ああ、海南ライスも出来ますよ」

「どれも子供たちが好きそうだ。これも買っとこう」

「魚は…みんな、好きかなあ?」

「オレは煮魚が食べたいな。カレイがいいが、あまり安くないな」

メインの献立をおよそ決め、付け合わせやサラダ、お浸しを作るために野菜コーナーに移動した。

途中で朝食用に卵を一パック。大きさが揃《そろ》っていないものだと五十円ほど安いと知った。

調味料の豆板醬《トウバンジャン》を手にしたとき、ここで買うのは止めておけと島崎に言われた。この手のたまにしか使わない調味料は賞味期限内に使い切れないことが多いので、スーパーの上にある百均でチューブを買うほうがいいとのこと。

スーパー東友は一階が食品売り場で、地下一階に洗剤やトイレットペーパーなどの生活用品、衣料品、アルコール類が売られている。

レジではポイントカードを出し、現金で支払う。

この一回目の買い物で、五日間の予算一万円のうちの六千二百円分を使ってしまった。菓子を欲しがられでもしたら、簡単に予算オーバーになってしまう。

(今日はお土産のメロンゼリーがあるからいいけど、明日はホットケーキミックスを買ったほうがいいかもな。ドーナツや蒸しパンとか作れるし)

スーパーと百均、八百屋の三軒を回って家に戻った。

献立とその作り方で頭を働かせながら、レイタは玄関でサンダルを脱ぐ――と、後ろからぐいっと引き寄せられた。

「昨日の夜は先に寝てしまって、悪かった。もしかして、怒ってない？」

「ううん、怒ってはないですよ」

サイドの髪に鼻を突っ込んで、首筋にキスされた。

「今夜…どう？」

誘いは嬉《うれ》しくないこともなかったが、レイタは時間をかけたいと言った。

「焦《じ》らすつもりか？」

「そんなつもりはないです。ただ、ちゃんと恋愛がしたいなと思ってて……先に身体《からだ》の関係になっちゃうと、今までと同じだから。もちろん、仕事上の利害関係は絡んでませんけど」

「いいや、仕事絡みだぞ」

留守番役と雇い主じゃないかと島崎は言う。

「社長と秘書、課長と新入社員、社員と派遣…なんて、一度目が合ったらもう恋愛関係に突入だ。だけど、それが悪いことかな？　きっかけにすぎないよ」

「正直に言えば、僕はあなたに惹《ひ》かれてます。でも、あなたはどうです？　子供の扱いが上手《うま》い元芸能人っていうレアキャラでしょ、僕。一回身体を重ねたら、気が済んでしまわない？」

「……どうなんだろう」

正直な男は、そんなことはないとは言わなかった。

「ただオレはきみとのキスが忘れられないんだ。完全に不意打ちだったたし、その先を期待してしまうような相性の良さを感じたよ。好奇心の段階で誘うのはダメなのかい？」

「セックスの後で、やっぱり男はきついとか感想を言われたら僕は傷つくな。その怖《おそ》れがあるのなら、やらないほうがいいんです」

「こんなに近くにいるのに？」

島崎はレイタの顎を摑《つか》んで、自分に振り向かせた――鼻先と鼻先がぶつかるくらいの至近で見つめ合う。

「お友だちから始めません？」

レイタが言うと、ふられたも同然だと島崎は眉を顰《ひそ》めた。

「しかも、そんな断り方をされたのは中学校以来だ」

「ふったつもりはないですよ」

レイタはの二人の立ち位置を整理した。

「元芸能人とビジネスマン……生きる世界が違う二人が知り合って、お互いに好意を持った。でも、まだ知り合って数日で、お互いのことは何も知らないに近い。金銭的な価値観はどうやら違うみたい。趣味嗜好《しこう》の摺《す》り合わせもまだ」

「うん」

「果たして、二人は恋愛に行き着くかどう……——」

その先を言わせなかったのは島崎の唇だった。

不意を突かれ、入ってくる舌を阻止できなかった。絡まってくる舌から逃れられずにレイタはされるがままになる。

おもむろに吸われ、上体が反った。

レイタは島崎の腕の中にいた——卵が入った買い物袋を取り落とさなかったのは、少しだけ冷静さを残していたからだ。

「友だちはこんなキスはしませんけど？」

「普通はね」

島崎も認めた。

「でも、相手はオレだよ。オレという人間は立ち止まりはするが、後退はしない主義なんだ。キスを我慢する気はないね」

「……なんだろうなあ」

レイタは島崎の濡《ぬ》れた唇を見つめる。きっと自分の唇も同じように濡れているのだろう。それを思うと、うなじの辺りが熱くなってきた。

（まぁそうだね、キスくらいどうってことないか）

そんな強がりを心の中で呟《つぶや》いたとき、背後で勢いよく玄関扉が開いた――いいところで邪魔が入るのは子供がいる家ならではだ。

「レイちゃん、ただいま!」

飛び込んできた小学一年生は父親の腰にぶつかった。

「あ、パパも」

「お帰り、佳奈《かな》ちゃん。早かったな」

滅多にない父親の出迎えに嬉しそうにする佳奈の頭では、今朝レイタが結んでやったツインテールが揺れていた。

「亮ちゃん、退院した?」

「二階で昼寝しているよ。おやつの時間だから、起こしておいで」

相方の名前を呼びながら、佳奈は二階の子供部屋へと駆け上がっていく。

「オレにはコーヒーを淹《い》れてくれないかな。飲んだら、また社に戻るよ」

レイタから買い物袋を取り上げ、島崎は先に立って廊下をずんずんと歩いて行った。

島崎から課された買い物ミッションに、レイタは真面目に取り組んだ。一人で歩いてスーパーマーケットに行き、一般人の生活を改めて見直した。

歩くことでいろんなことに気づいた。

メイクや髪型、服装、自転車、レジ袋……スポットライトが当たっていない場所での営みは極めて地味だ。そもそも派手にする必要はないし、財布の中身に応じた健全な消費生活をしているならばこれが普通なのだろう。

稼ぎ手の父親がいない家庭で育ったことが思い出された。

明日どうなるか分からないなら、出来るだけ財布に金は残しておかねばならない。安くてかつ量が多そうな品を選んで買うのは当たり前のことだった。

輸入品を扱う高級スーパーにしか行かず、手にした物をろくに値段も見ないで籠に放り込む芸能人だった自分に呆《あき》れた。どうしてあんなに無頓着でいられたのだろう。

安い食材での料理は少し味が落ちる気がしたが、毎日の家庭料理で満点を目指す必要はない。子供たちの舌はまだ単純で、変わらず美味《おい》しいと言って食べてくれた。

スマートフォンでレシピを検索し、ホットケーキミックスを用いて菓子作りにも挑戦することにした。ドーナツは油を使い過ぎるので、バナナケーキやケークサレ、スコーンなどが適当だろう。

「あ、あの…『ザ・コネクト』のレイタくんですよね？」

野菜の棚を見ていたとき、若い主婦に声をかけられた。

「握手して貰《もら》ってもいいですか？」

「いや…僕はもうそんなんじゃないですから」

断ったレイタに、彼女は聞いてきた——今何をやっているのか、と。

「友だちの家で居候してますよ。あ、このレタス安いですよね?」

「ええ、だいぶ」

青物の値段が安定しないという話を少ししてから、女性は意を決したように聞いてきた。

「あの…レイタくん、テレビに出る予定はないんですか?」

「需要がないですから」

「ありますよ、ありますとも! ずっと待っているんです。だから、芸能活動を諦めないで」

かつてファンだったろう女性は力を込めて言ってくれたが、どうにも答えようがないレイタは微笑するだけだ。

彼女の目をカメラとして、今でも最高の笑顔を作ってしまうのは染みついた職業病か。

(あそこはもう僕の居場所とは思えない…なんて、応援してくれていたファンに言ってもね。この笑顔に免じて勘弁して貰うしかないな)

五日間の島崎家の留守番仕事で厄介だったのは、節約や料理ではなかった。盲腸手術を終えたばかりの亮の退屈である。

傷の痛みが減るに従い、彼がじっと寝ていることはなくなった。ゲームやテレビに飽きてしまうと、退屈だと叫んで外へ出ようとする。

そのたびに引き止め、腹の中はまだ落ち着いていないからと宥《なだ》めねばならなかった。腹膜炎を起こしかけていたのである、手術後はしばらく癒着の心配がある。退院して一か月は激しい運動を控えなければならない。

盤ゲームにトランプ、あやとり……亮の遊び相手をしていると家事がままならなくなる。相棒の佳奈が帰宅するまで、本当に何も出来ない日もあった。

とにかく、おしゃべりで活発すぎる男の子が亮だ。

何人ものベビーシッターが匙《さじ》を投げたわけを納得しつつも、何かに集中して遊んでいて貰うにはどうしたらいいのかと考えた。

買い物に行くためにチラシのチェックをしようとしたところ、そんなセコイことをしているな、自分と遊んでくれとびりびりに破かれてしまった。

それをどうにか貼り合わせようと頑張っていたら、さすがに悪いと思ったのか、これとこれがくっつくよと手伝ってくれた。

貼り合わせには随分と集中し、しまいに一人でやりたいからとレイタを押しやった。

「……よし、出来たぞ！」

「ありがとうね、助かったよ」

「こんなのわけないよ」

そう言うのを見越し、他のチラシも小さく破いて亮を煽《あお》った。

「三十分くらいで元に戻すことが出来たらすごいと思うな」

「出来るさ！」

四十分ちょっとかかったのが悔しくて、亮は二度…三度と挑み、とうとう三十分以内を達成した。

そのお陰で、二時間と少しの間、レイタは亮の相手をせずに買い物のプランを立て、菓子を作ったりすることが出来た。

(亮くん、集中力はあるんだよな)

それを発揮するおもちゃや教材があれば大助かりだ。

夕方、レイタからのメッセージを読んだ父親は、ジグソーパズルやオセロ、知育将棋などを携えて帰ってきた。

ジグソーパズルは難易度が違うのを五種類。

夕飯後、父親は小さい子供たちがそれぞれパズルに興じるのを満足そうに眺め、また会社へと戻って行った。

島崎は多忙な父親だ。

朝は子供たちと一緒に朝食を食べ、中学生と小学生を送り出した後に保育園へ末っ子を連れて行く。そのまま出社し、夕方は保育園で宏哉《こうや》をピックアップしてから一旦帰宅。夕飯をみんなと食べ、また会社に戻る。

帰宅は概《おおむ》ね夜の十時過ぎだが、つき合いがあれば夜中になることも少なくない。

　平日の小さい子供たちとの時間は、朝食と夕飯の席のみとなる。一人一人の話を聞くには充分とは言えない。フォローするのは一番上の麻里《まり》だが、麻里にしても週に二回は塾があるし、宿題で忙しいときもある。

　おやすみとキスだけして、それ以上に及ぼうとする島崎を受け流しつつ、ベッドの右側からレイタは聞いてみた。

「島崎さんは長時間労働ですよね。そんなに働かなきゃならないものなの？　社長さんってもっと人任せに出来ないもんですか？」

「人任せにしないのは性分でね……まあ、今関わっている業種もだいぶ軌道に乗ってきたかな。だけど、来年百稼ぎたかったら、今年は百二十やっとくべきだ。なかなか手は抜けないね」

　経営者として立派な心懸けだと思う。

　とはいえ、あまりにも慌ただしい。家族と過ごす時間は足りていない。

　胃袋を満たすだけが子育てではない。小さい子供たちはきっと寂しいし、満たされない思いを抱えて成長していくのは将来的にあまり良い結果はもたらさない。

　一週間以上一つ屋根の下で暮らしているが、部外者以外の何者でもないレイタはどこまで口を出すのを許されるだろう。

「そんなにお金って稼がなきゃならないもの？　貧しいながらも楽しき我が家って言うじゃな

いですか」

「その標語、嘘臭《うそ》いと思わないか？　貧しかったら、瞬間の楽しさはあっても、ずっと楽しいとは思えないんじゃないかな。金がないと、やりたいことを諦めねばならないことも多いよ。なにをやるにしても、まず金を貯《た》めてから…ってことになる。オレは子供たちにそんな思いをさせたくない。だから、金は出来るだけ貯めときたいんだ」

「出来るだけってどれくらい？」

「いっぱいだ」

子供っぽい答えだった。

「漠然としてますね」

レイタはわざと皮肉な言い方をしたが、悪いかと返されては黙るしかなかった——正直、正論だと思う。レイタにしても、せっせと実家に金を送っていたのは弟妹の進学のためだ。

それでも、島崎の働き方には感心しない。

「僕が言いたいのは……——」

ベッドの左側から身を乗り出してきた男に唇を塞がれた。

「分かってるよ、子供たちが寂しいってのは。この夏は休暇をとろうと思うんだ。田舎へキャンプに行くのはどうだろうな」

それはいい。

しかし、レイタは覆い被《かぶ》さって来ようとする島崎を腕を突っ張って阻止した。

「前にまとまった休暇を取ったのはいつですか？」

ダメか…と呟かれ、笑ってしまう。

強引に抱き締めようとはしてこない島崎を好きだと思うが、このやりとりを三日も続けていると最早《もはや》コントだ。

「妻が亡くなったときだ。さすがに五日間休んだよ」

「五日だけ？」

「そう、五日も」

レイタは横向きになり、島崎がどんな顔で言っているのかを見た——五日間は泣くだけなら長いが、故人を悼み、思い出に浸るには短すぎる。

悲しみはまだ続いているのだろうか。


ただいまと玄関先で声をかけただけで、リヴィングに顔を出さないままで佳奈が二階の部屋に上がって行った。

不審に思った亮が追いかけていく。

「お前、それ誰にやられたよ？」

亮の怒声を聞きつけ、レイタもまた二階へ。

亮を前に、佳奈は項垂《うなだ》れて立っていた。

朝着て行ったお気に入りのTシャツは絵の具だらけで、今朝レイタがやってあげた三つ編みも崩れている。ゴムが毛先まで下がり、緩んだ編み目からぴんぴんと短い髪がはみ出していた。

「あすかにやられたんだろ？」

亮に問われても、佳奈は黙っている。

否定はしなかった――だから、そういうことだ。

「よし、オレがやり返してやる」

「亮ちゃん、ダメ！」

今にも飛び出して行こうとする亮を佳奈は通せんぼした。

「あすかちゃんね、可愛《かわい》いTシャツ持ってないんだって。ママが忙しくて、今日は髪の毛もやってもらえなかったみたいよ。可哀想《かわいそう》なの」

「そんなの理由になるかっ!?」

亮は言うが、佳奈は首を横に振った。

「誰だってイライラしちゃう日はあるよ」

「そりゃあるかもしんないけど、それを佳奈にぶつけることはないだろ」

「他の子がやられなくて良かった」

「そうかよ」

亮は納得したわけではなかったが、それでも佳奈の主張を真っ向から潰そうとはしなかった。

「佳奈ちゃん、着替えようか」

レイタがそう声をかけると、それまできりっとしていた佳奈の顔が奇妙に歪《ゆが》んだ。瞳を揺らし、抱きついてきた。

「レイちゃーん！」

レイタは佳奈を抱き止めた。

「よく頑張ったね、佳奈ちゃんは強かったよ」

「絵の具、落ちるかな？　好きなTシャツだったんだけど……」

黒い水玉のリボンが胸のあたりに大きくプリントされた白シャツだった。絵の具はリボンの下から裾にかけての広い範囲にべっとりとついていた。

島崎家の子供たちの普段着は、基本的に上下三枚ずつしかない。毎日洗うからそれで充分という理屈からだが、一枚でも着られなくなると一大事となる。

今は食費しか預かっていないので、レイタが勝手に買ってやるわけにはいかなかった。

「ネットで絵の具を落とす方法を調べてみるよ。真っ白には戻せないかもしれないけど、出来るだけ薄くする方法を見つけるからね」

佳奈と亮が見守る中、レイタはインターネット検索で調べた方法を用い、Tシャツについた水性絵の具を落としにかかった。

でんぷん糊《のり》はないので、米粒を使った。水をつけて練ったものを布に擦りつければ、色が練りもののほうへと移ってくる。

「だいぶ色が薄くなってきたと思わない？」

くしゅくしゅと布を揉《も》むと、繊維に入り込んでいる絵の具が出てくる。

「おもしろいね」

「ご飯粒で落ちるなんてすげえや」

最後は普通の洗濯石鹸《せっけん》で洗い流したが、やはり真っ白というわけにはいかなかった。

しかし、佳奈は納得していた――レイタが出来るだけのことをしたのを目の当たりにして、彼女的には満足したのだろう。

洗ったシャツを干し、三人でおやつを食べた。亮がジグソーパズルをしている間に作っていたバナナケーキだ。

ケーキは好評だったが、レイタは台無しになった佳奈のシャツが頭から離れなかった。どうにか学校にも着ていけるように出来ないだろうか。

（いっそ汚れを模様として見せるのは？）

ここまで落としたのに、全体に絵の具をつける勇気はさすがにない。リスクも大きい。

（それなら隠すか、汚れ部分を切り落とすかになるけど……――あ、そうだ！）

思いついて、レイタは宏哉のらくがき帳にボールペンを走らせた。

シャツの下半分を別布に切り替えた絵を描いてみた。裾が広がるように結合部分にギャザーを寄せたら可愛いのではないだろうか。

「佳奈ちゃん、こういうのはどう？　違う布で、こっから下をふわっとさせるんだよ」

「可愛いね。でも、違う布なんかあるの？」

「亮くんの小さくなったパジャマ、まだ捨ててないんだ。黒いチェックのやつ。あれを使ったらどうかな」

「オレのパジャマを？　いいじゃん、それ」

「レイちゃんって縫い物も出来るの？」

「たぶん出来ると思う。中学生くらいのときは、ダンスの発表会で着る衣装は自分なりにアレンジしてたからね。まあ、やってみよう」

その晩、小さい三人が眠ってしまってから、レイタは作業を開始した。

興味を持った麻里が手伝ってくれた。

「わたしの細い黒いリボンを提供するから、ついでに袖口を飾ってもっと可愛くしちゃおうよ」

かくして、汚されたTシャツはおしゃれな切り替えチュニックに生まれ変わった。麻里が余り布で作ったシュシュが三つおまけについた。

翌朝、それを目にした佳奈の喜びは大きかった。いつも控えめな彼女がきゃっきゃと声を上げ、チュニックを胸に当ててくるくると回った。

「これ、すっごくいい。ありがとう、レイちゃん」

「オレのパジャマが材料なんだぜ」

そこは一応は主張して、亮も満足そうに相棒を眺めていた。

「今日はこのシュシュでポニーテイルに結ってあげるね」

レイタが言うと、佳奈はにっこり笑って頷《うなず》いた。

宏哉は麻里が手作りしたシュシュをためつすがめつしていた。

「これで髪の毛を縛るんだね？」

「そうだよ」

「お花みたいになるよね。女の子っていいなぁ」

「コウくんも使いたい？」

頷いた宏哉の手首に麻里がシュシュをくぐらせた。

「ほら、腕輪にもなるんだよ」

そんな子供たち四人とレイタの様子を目を細くして眺めつつ、島崎は子供たちの朝食に目玉焼きを焼いていた。

「あ、僕がやります」

「いや、大丈夫。これくらいはやれるんだ」

島崎は言ったが、レイタはその手からフライパンを奪った。卵六つ分を割り入れたところへ水を回しかけて蓋をする。

皿を用意しながら、傍らで島崎が呟いた。

「きみはオレよりも親らしいな。上手く収めてくれた」

「なに、時間があるだけです」

「時間か」

その単語をなぞった島崎をレイタは振り返って見た——四人の子供たちそれぞれに、もっと時間を使ってあげてほしいと願いつつ。

「手を貸してくれる人間がいても、本当に子供たちが構ってほしいのはあなた一人ですよ」

この言葉は正しく伝わるだろうか。

亮が最も難しいジグソーパズルをついにやり終えた金曜日の夕方、レイタは彼にご褒美を渡した。割り箸で作った鉄砲——玉ではなくて、輪ゴムを飛ばす手作りのおもちゃである。

壁に的を貼りつけて一人でさんざん遊んだ後、亮はその造りをよく見て、妹と四歳の弟のために自力で鉄砲を二丁作り上げた。

「亮くん、手先が器用だね」

口に出して褒めたが、数日間さんざん亮につき合ってきたレイタは、彼が仕組みを理解した上でおもちゃの鉄砲を再現したことにはあまり驚いていなかった。

(亮くんは飽きっぽいところもあるけど、これってときには集中力の鬼になるからな)

レイタが夕飯を作っている間、小さい三人はゴム鉄砲で遊んでいた。

ソファの後ろから構えて、テーブルの上に並べたキャラクターのフィギュアや小さな人形たちを狙い撃つ——宇宙人が攻めてきたという設定らしい。

輪ゴムがリヴィングのあちこちに散らばったが、子供たちは大いに楽しんだ。

「お、面白いことをやっているじゃないか」

夕飯に間に合うように戻ってきた島崎も参加した。

「これ、レイタくんに作って貰ったのかい?」

「こっちはレイタちゃんが作って、これとこれはオレが作った」

「ゴム鉄砲、パパも子供のときに作ったっけな……一発撃った後、すぐに二発目が撃てるように改良をした覚えがあるよ」

「どうやんの?」

「早い話、二段式にするんだ」

島崎は新たに割り箸を組み、ゴムで固定した。

「これでいけるはずだ。どうだ？」

試し打ちは自分でやって、イカの特徴を持つ人型フィギュアを弾《はじ》き飛ばした。

「パパ、すごーい」

「だけど、ゴムを二重にするだけのほうが威力は強くね？」

「どれ、較《くら》べてみよう」

麻里の帰りは七時過ぎだった。

家族全員とレイタでテーブルを囲んだ。

今夜のメニューは、キャベツ入りペペロンチーノのパスタにスペイン風オムレツ、キャロット・ラペ、きのこの卵スープである。

「おいしいね。今日のゴハンも好き」

「これならニンジンも美味しく食べられるよ」

「オレ、きのこのスープもっと食いたい。お替わりある？」

小さい三人はこれがレイタと食べる最後の夕飯だとは知らず、いつものようにわいわい言いながら食べた。

食後の茶を飲むときになって、つい麻里が嘆きを口にしてしまった。

「明日からレイちゃんのゴハンが食べられないと思うと、なんだか切な……――」

途中ではっとして止めたのだが、耳聡《みみざと》い双子《ふたご》たちが麻里を見た――麻里が目を逸《そ》らすと、今度はレイタを。

「え、レイちゃん、明日どっか行くの？」

「ゴハン作れないってどういうこと？」

レイタは湯飲み茶碗《ちゃわん》に目を落とし、呟くように言った。

「このくらい、麻里ちゃんだって作れるよ。僕の料理はホント簡単なのばっかりだから」

「レ…レイちゃん？」

双子は動揺したが、幼い宏哉は察しきれない。

その可愛く小首を傾《かし》げる様子に、レイタの胸はきしんだ。

「レイタくんは今日までだ」

島崎が淡々と告げた。

「亮が元気になるまでって約束で家にいて貰ってたからね。土日はオレがいるし、亮は月曜から学校に行く。だから、今夜でさよならだ」

「………」

その場に沈黙が流れた。

まず口を開いたのは佳奈だった。

「レイちゃんってうちの子でしょ？」

「違うよ」

と、父。

「じゃ、お願い。パパ、レイちゃんもうちの子にして」

父親と血が繋《つな》がっていないことを知っている少女は、レイタを家族にしてくれ、出来るだろうと島崎に迫った。

「佳奈ちゃん、それは無理だよ。レイタくんはもう大人で、家族が欲しいなら誰かと結婚するような年頃なんだよ。レイタくんにはレイタくんの人生があるんだ。うちでお前たちの面倒を見ていたら、新しく仕事を探すことも、友だちと遊ぶことも出来なくなってしまう」

「………」

「なに、元に戻るだけだよ。もともと島崎家は父一人子供四人の家族だったろ？　お前たちの不便がないように、ベビーシッターや家政婦さんはちゃんと手配するつもりだ」

「……でも、レイちゃんがいたほうがいいよ」

佳奈が涙ぐむ。

「レイちゃんがいなくなったら、コウくんが泣いちゃう。わたしだって泣く」

やっと宏哉にも状況が分かったようだった。

「レイちゃん、いなくなっちゃうの？」

レイタの腕にしがみついてきた。

亮も下手な芝居を始める。

「な…なんか、腹が痛くなってきた。また盲腸かもしれない。まだ学校なんて行けないよ」

そこで麻里が席を立った。

「そうだ、パパがケーキを買ってきたんだよね。玄関に置いてあるやつでしょ。持ってくる」

「なんで、ケーキ？　誰かの誕生日でもないのに？」

ケーキを嫌いな子供は少ないし、まして島崎家では特別なときにしか食べさせない。亮は腹痛を訴えるのを止めた。

「腹は治ったか？」

「治らなくても、ケーキは食うよ」

麻里が運んできたのは直径が二十センチもありそうなホールサイズだった。真っ白な生クリームに真っ赤な苺《いちご》がずらりと並んだケーキらしいケーキだ。

小さい三人の目が丸くなった。

「これは亮の快気祝いと、うちに十日もいてくれたレイタくんへのありがとうケーキだよ」

「美味しそうだね。僕、イチゴ好きなんだよ」

レイタは言って、ケーキを切るためにナイフの準備をした。

きれいに六つに切り分けると、亮が自分は少し他より大きく見えるここが欲しいと言い立てた。そうなれば、佳奈も宏哉も身を乗り出してくる。

「どれも大して変わらないよ」

「えー、でもイチゴがおっきいところがいいよ」

ケーキで誤魔化されてしまった三人の幼さが愛《いと》しい一方、何度も目を合わせてくる麻里と別れを惜しみ合った。

「さあ、亮には治っておめでとうを言うぞ」

「おめでとう」

「レイタくんには十日間ありがとうだ」

「ありがとう」

口に出して言うことで、子供たちは納得させられてしまった――いや、納得はしていなかったが、双子は小学一年生にして、どんなに願ってもどうにもならないことがあると知っていた。

レイタもありがとうと返した。

「こちらこそだよ。十日間、すごく楽しかった」

正直に言うと、レイタはこの家にもっといたかった。ここには自分のような存在が必要なのではないかと思っていたからだ。

このままここで居座ったとしたら、子供たちが成人したときには何のスキルもないままでお払い箱になるだろうが、そのときはそのときだ。

しかし、家長である島崎がそれを望まない以上は言い出せない。レイタは血縁でもなんでもなく、島崎がレイタを養っていく理由はない。

彼が言うように、レイタはそろそろ仕事を探すべきだ。

「レイちゃんのおうちってどこらへん？　遠い？」

佳奈に尋ねられたが、家はどこと言うことは出来なかった。

「これからも会える？」

「もちろん、会えるよ」

住む場所を確保しなくてはならないと思った。知人宅を転々として、どこに住んでいると言えないようでは誰にも信用されない。

携帯電話と財布だけの生活を、少しもまずいと思っていなかった自分が不思議だった。

ここに十日連泊し、スーパーマーケットで買い物をしたり保育園の送り迎えをするなどして、一般人の暮らしを思い出したことでやっと目が開いたのかもしれなかった。

「レイタくん、これ」

島崎が鍵をテーブルに滑らせた。

「山本《やまもと》さんが持っている古いマンション、ちょうど一部屋空いているそうだ。偶然にも、学生時代にオレが住んでいた一階奥の部屋だよ。狭いし、日当たりも良くないが、まぁ最初の部屋としてはあんなもんだと思う」

「あぁ、あそこね！」

麻里が場所を説明してくれた。

大家が屋上階に住んでいるそのマンションは、大通りを渡ったところにある一番近いコンビニエンス・ストアの裏手にある。ここから徒歩で五分くらい。

「家賃はおいくらですか？　山手線《やまのてせん》内は狭くてもそれなりにするんでしょ」

「六万円で募集をかけていたみたいだな。ただし、きみが毎日マンションの共用部分の掃除をするなら、当面はただでもいいと言っていたよ。今奥さんが怪我《けが》で入院中で、ご主人は家と病院の行き来で手が回らないらしい」

「お掃除、やらせていただきます。家賃がかからないのはありがたいですから」

「前の店子《たなこ》が置いていったベッドがあって、山本さんが余っている布団をくれたから、行けばもう寝られるようになっているよ」

至れり尽くせりで有り難い。

「それから、就職の件だけど……――」

週明けの月曜日から、島崎の会社で働いてみたらどうかと提案された。

秘書の安西《あんざい》が面倒を見ようと言ってくれたので、とりあえずは社長室に詰めて、彼の側《そば》で基礎的な事務仕事を身に着けたらいい、と。

特にしたいことがないレイタに否はなく、ありがたく乗っかることにした。島崎の近くにいるならば、この家族とまだ繋がっていられるという思いもあった。

「これは十日間のお礼だ」

そして、封筒が手渡された。

「ご苦労様。きみの働きには感謝しているよ。生活に必要なものを最小限買って、給料日までこれで生活しなければならないってのは分かってるよな?」

「あ…はい」

その封筒をレイタの手から引ったくったのは亮だった。

興味のまま、彼は中に金が入っているのを確認した。

「強いお札がたくさん入ってる。あ…そうか、レイちゃんはパパに雇われてたのか。なーんだ、うちの留守番は仕事だったのか」

「バカ亮!」

麻里が叱りつけた。

「単なる仕事だったら、あんたと半日一緒にいただけで割に合わないって言って帰っちゃうわよ。あんた、何人のベビーシッターに二度と来ないって言われたか覚えている?」

「オレ、そんなに手ぇかかった?」

不満そうに聞いてきた。

レイタは笑った。

「亮ちゃんは好奇心が強すぎるだけ。いい子だよ」

「わたしは?」

と、佳奈。

「佳奈ちゃんは優しい子」

レイタがそう言った途端、佳奈の瞳は潤んだ。

「レイちゃんも優しかったよ」

「コウくんは？」

宏哉も聞いてきた。

「コウくんはちっちゃくて可愛い子」

すでに昨夜話したので、麻里はレイタの言葉を欲しがってはいなかったが、レイタは彼女のほうを向いて言った。

「十日間、楽しかったよ。みんな大好きだよ」

食後の皿洗いを済ませ、布巾を漂白剤に浸《つ》けてから、レイタはエプロンを外した。

去るときが来たのだ。

来たときは銀座《ぎんざ》のクラブで着せられたドレス姿で、ほんの少しの現金が入った財布と携帯電話しか持っていなかったが、出て行くレイタには紙袋二つ分の荷物がある。

一つには、衣類やバスタオル、フェイスタオル、歯ブラシ…など、ここでレイタが自分用として使っていたものが入っている。

もう一つの袋には、麻里が母親よろしく生活必需品を詰めてくれた——つまり、ティッシュやトイレットペーパー、石鹸、水のペットボトル…など。

「あ、そうだ。忘れるところだったよ」

玄関先で島崎に東銀座にあるブティックの名刺を渡された。

「明日の午前中にここへ行ってきなさい。話はしてあるから、レイタくんは立っているだけでいい」

「洋服屋さん……ああ、スーツとか？　着なくてはいけないですよね」

「オレはともかく、服装にうるさい秘書がいるんでね。だから…必要経費というか、オレからの就職祝いだと思ってくれればいい」

「そ…そんな」

ここまでして貰っていいのだろうか。

きつねに摘まれたような気分でレイタはぺこりと頭を下げた。足元に輪ゴムが落ちているのに気づき、摘み上げてシューズロッカーの上に置いた——今日の輪ゴム鉄砲はウケたなぁと思いながら。

「じゃ、僕はもうここで」

ついに玄関扉に手をかけた。

「バイバイ、レイちゃん」

父親に促されて宏哉が言うのに、レイタは微笑《ほほえ》んだ——バイバイ、と。

宏哉の手にはレイタが外したエプロンが握られていた。

佳奈は麻里の背中に隠れてしまって顔を見せず、亮は微妙な顔つきでこちらを見ていた。何か言いたそうだとは思ったが、ここは聞かないほうがきっといい。

そして、レイタは戸外へ。

背中で扉が閉まる音を聞く。

(……ドラマだったら、ここでエンドロールが流れるな)

ホームドラマがワンクール終わった。

レイタは振り向くことなくスタスタと歩き出したが、夜空に浮かんだ月の輪郭がぼやけて見えることで自分が泣いていることに気づいた。

このシチュエーションには覚えがある——そう、十二年前に故郷を出たときもこんな感じではなかったか。もしかしたら、二年前に事務所を出たときも。

＊＊＊

宏哉が通う保育園近くの交差点手前、八時五十分に待ち合わせした。

銀のレクサスが停車すると、レイタは後部座席へ乗り込んだ。

「おはようございます」

「おはよう」

社長に運転させるのは気が引けるが、島崎はそれでいいと言う。社有車のときは運転手に任せるが、それ以外は自分が運転しないと気が済まないらしい。

「スーツ似合うね。さすがに着こなす」

「務まるかどうかも分からないのに、こんなにしてもらって……恐縮です」

「必要経費だと言っただろ」

ふっと島崎は笑った。

「二種類薦めてみろって言ったのはオレだけど、やっぱり見る目があるんだな。まんまと高い方を選んだね。いや、いいんだけど」

「あの店で安いほうを選ぶのは失礼な気がして……だって、島崎さんの名前を出しての来店ですよ？　店長さんが直々について下さったんです」

「そりゃまぁそうか。で、昨今の若者らしく、ネクタイは細めにきつく結ぶんだ。髪は切らなかったんだ？」

肩につく長さの髪は後ろで一つにまとめていた。

「切ったら、コウくんに怒られそうで……」

「なんなんだろうな、あの子は。男のきみに母親を重ねて見てるってこともないだろうに」

雑に否定してのけた島崎に、レイタは首を傾げてしまう。

（相変わらず分かってないな、この人）

寂しい四歳児は甘えたいのだ。

忙しい父親にはあまり構ってもらえず、満たされないところにレイタがはまった――レイタが男だと分かっても、そこを満たす人は女性であるべきという思いがあったのだろうに……。

オフィスは飯田橋《いいだばし》だ。

駅にほど近い高層ビルの二十二階と二十三階に『ＣＩＭＡビジネス・ソリューション』が入っている。

地下駐車場に自動車を停《と》め、エレベーターで上がっていく。

島崎は上に『ＣＩＭＡ』とつくグループ会社を束ねる最重要人物だ。まだ学生の頃にアルバイトを斡旋《あっせん》する会社を起《た》ち上げたのを始まりとし、人材派遣、教育、ソフト開発、ファッション、飲食……と、その時々の興味のままに手広く事業を展開してきた。

どの会社も島崎が手掛けて、軌道に乗ったところで適任者に社長椅子を譲る。

この二年ほど、彼が社長として取り組んでいるのは経営コンサルタント会社だ。経営に携わる人の依頼を受け、その企業の経営数字を分析した上で問題点を洗い出し、利益を上げるためにどうすべきかを提案するのが主な仕事だ。

依頼人のほとんどは経営者たちだが、被災地支援を行ったことをきっかけに、最近では地方自治体から地域活性化についての相談が来るようになってきた。

先日の北海道出張はそれの一つだ。

老朽化したスキー場を海外の資産家に買い取って貰い、整備した上でリゾート化を進めた。当初は歓迎ムードだったはずが、工事のやり方を巡って地元民の怒りを買ったとかで、島崎はその仲裁に向かわねばならなかったのだ。

社長室でレイタは秘書の安西と再会した。

シャープな雰囲気の美男秘書は、このスタイリッシュなオフィスに似つかわしかった。

「いよいよ今日からですね。わたしについてサラリーマン修業をしましょう。スーツ、なかなか似合いますよ」

「コスプレっぽく見えません？」

「正直なところ男装の麗人に見えてしまいますが、そこはまぁご愛敬《あいきょう》ということで……徐々に馴染《なじ》んでいくでしょう。大丈夫です。わたしだって元ホストにはもう見えないでしょ」

「見えないです、全然」

「うちの社長は学歴も経歴も問わない人なので、基本的な勤め人としての身のこなしや知識をつければ正式に雇ってくれますよ。一般人として生きていくつもりなら、ちょっとだけ頑張りましょうね。個人的には、勿体《もったい》ないとは思いますけど……わたしにとってレイタくんはテレビの中の人ですから。レイタくん…じゃ、ここでは変か。ええと、なんと呼べばいいでしょう」

運転免許証に記載されている名前は『小笠原礼汰《おがさわられいた》』だ。

小笠原という名字は四人目の父親のもの。母が彼と再婚して三か月ほどでレイタは単身上京し、〝『ザ・コネクト』のレイタ〟になったので、名字だけで呼ばれたことはほとんどない。歯科医院などで呼ばれても、自分だと気づくまでに時間がかかる。

それ以前も数年ごとに名字が変わる生活だったので、そのどれにも愛着はない。

「河合《かわい》と呼んでください」

実父の名字にした。

「河合礼汰です、どうぞよろしくお願いします」

二十三階にある社長室にて、レイタのサラリーマン見習い生活が始まった。

秘書の机は社長室の出入り口の真ん前にあり、その後ろ横の作業机がレイタの定位置だ。

社長椅子に座る島崎はほぼ真っ正面にいるが、彼の机の上に並べられた五台のモニターに阻まれて姿はほとんど拝めない。

午前中の島崎は、他に予定が入らない限りは社長室にいる。モニターを駆使してグループ会社および子会社の経理数字を見たり、報告を受けたりするのだ。原稿を執筆していることも。

その間、秘書は午後の準備に勤《いそ》しむ――自動車やチケットの手配、会談相手について調べたり、資料を集めたり、取りまとめたり…と、社長の行動を先回りをする形で動くのだ。

安西が最初にレイタに教えたのはコーヒーの淹れ方だった。

「このコーヒーサーバーの使い方さえ覚えればいいんですよ。ここに豆を入れて、こっちに水を……――そうです、正確にやったほうが味が安定する。豆の使いすぎも防げます」

次に緑茶の淹れ方を教え、湯の温度を変えて飲み比べもさせてくれた。

「あ、違いますね」

「でしょう？　せっかく高い茶葉を取り寄せているんだから、美味しく淹れないと勿体ない」

「勿体ない」

思わずなぞると、安西は笑った。

「社長のケチがわたしにも移っていますよね」

「島崎さんってケチ…ですよね？」

レイタが言うのに安西は頷いた。

「靴下の踵《かかと》が透けているのはどうかと思います。社長が貧乏臭いと、会社の業績が悪いと見なされないかとヒヤヒヤしますよ。ただでさえ若く見えるんですから、そういう細かいところでも隙なくいてほしいところです。何度も進言しているんですけどね」

淹れたてのコーヒーを島崎に持っていってから、レイタは郵便物の開封を指示された。全て開けたら、揃えて、封筒を一番後ろにする形でクリップで留める。

その後は、名刺の整理――スキャナーに名刺を読み込ませるのは簡単な作業だったが、名刺の裏や付箋にメモしてある人物の外見的特徴や趣味・嗜好などの情報については個別に備考欄へ打ち込まねばならない。

午前中はそこで終わった。

ビル内にあるレストランから運ばれてきたランチにはレイタの分もあった。

午後のスケジュールの打ち合わせをしながら食べる社長と秘書の傍らで、この場に自分が存在する違和感を覚えながら黙って食べた。

スーツ着用のせいだろうか、食事という日常的なことをしていてさえ、島崎には父親としての彼が透けて見えない――話題が家族のことに及ばない限り、完全に生活臭を消している。

午後は安西も島崎と出かけたので、レイタは電話番をしつつ、モニターと向かい合った。教育ソフトの指示に従い、ブラインド・タッチの練習をする。

人気アニメーションのキャラクターにどやしつけられながら、ゲーム感覚で指の動きを覚えていくのは楽しくないこともなかったが、正直、高級スーツを着用してやるようなことではないと思う。

四時に二人が戻ると同時に来客があり、レイタが緑茶を淹れた。

五時半に帰社だ。

宏哉を迎えに行くために一旦退社する島崎の自動車に同乗し、朝に待ち合わせた場所で下ろされた。

「ありがとうございました」

「また明日な。今日は慣れない場所で疲れただろうから、早く寝るといい」

島崎は宏哉を家に連れ帰り、麻里と一緒に夕飯を作るなどの家事をするのだ。夕飯を食べたら七時くらいには社に戻るという。

（……忙《せわ》しないよなあ）

レイタはコンビニでおにぎりと飲み物を買い、西日が差す狭いマンションの一室に帰った。

二十年ほど前、学生だった島崎がここで一人暮らしをしていたという。

そのときにはどんな家具がどういう配置で置かれていたのかは想像するばかりだが、今はセミダブルのベッドが置いてあるだけである。

まだ何も揃えていないので、ベッドの存在がやたら大きい――それだけ、という感じだ。

島崎家の子供たちの甲高い声がもう懐かしい。

なんだか気が塞いできそうだったので、請け負った共用部分の清掃をすることにした。

最上階である五階から一階までの通路と非常階段を掃き掃除し、エレベーターに敷いてあるマットを運び出す。埃《ほこり》を箒《ほうき》の柄で叩いた後で、きれいに掃除した内部に敷き直した。

最後に、玄関ステップの横にあるゴミ置き場に水を撒《ま》いた。何かベタベタした汁に集っていた蟻たちが排水溝に流されていく……。

部屋に戻ると、また島崎家のことを思った。

（コウくん、元気にしているかな）

病み上がりの亮は学校で暴れていないだろうか。佳奈はどうだろう。麻里はいつも頑張りすぎているから、ポキンと折れてしまわないか心配だ。

いつもなら夕飯にする時間だったが、まだ食べる気になれず、ベッドの上に寝転がった——

枕カバー代わりのバスタオルは島崎家の匂いがした。

ふと思った。

(僕のほうから置いてくれと口にすれば、まだあの家にいられたのかな？)

いやいやと首を横に振った。

レイタの島崎家に対する愛着は、会社勤めという新しい挑戦からのたぶん逃げだ。初めてのことに取り組むときには、誰もが上手く出来ないのではないかという不安に苛《さいな》まれる。そして、もともと得意なことにしがみつくもの。

出来ると分かっていることしかやらなかったら、可能性は広がっていかない。

思えば、与えられたチャンスに必ず応えるというやり方で、タレントとしてのレイタの能力は伸びた。デビュー当時は踊ることしか出来ず、歌や演技は一からのスタートだった。

サラリーマン修業だってきっと同じだ。

「がんばろ」

不安や落ち着かない気分は集中することで消せる。教えてくださいという低い姿勢で対すれば、大抵の相手は失敗しても大目に見てくれるし、どこが悪かったのかを教えてくれる。

今は未来が見えないが、頑張った先にだんだんと現れてくるに違いない。

あっと言う間に三日が経《た》った。

レイタがオフィスでしていたのは、主にお茶汲《く》みと郵便物やメールの仕分け、そして電話番だ。

パソコンで簡単な文章を打ち込むことは出来るようになったが、レイアウトの技術はまだない。現段階では、普通のＯＬ以下だというのは自分でも分かっていた。

それに対し、島崎の有能っぷりはもはや異次元だ——社長が優れていなければ誰もついてこないだろうから、当たり前と言えば当たり前の話ではあるが。

何面ものモニターに向かい、なにやらキーボードを叩き、電話では穏やかさと激しさを取り混ぜて熱弁する。外国語のときもある。

来客には物腰の柔らかい応対だが、帰る頃の客の目には崇拝の色が浮かんでいることが多い。

休憩時にコーヒーを飲む仕草にさえ、敏腕社長の雰囲気が漂う。

圧倒的な出来る男感。

（こういうのがカリスマかな？）

思わず見とれていると、安西に机を軽く叩かれた——手が止まっている、と。

「すいません、つい……」

「まぁね、わたしも社長に魅せられた一人ですから、気持ちは分からないことはないです。でも、社長の存在感にはそろそろ慣れてもいい頃かと……プライベートでの彼を思い出して、我に返ればいいんですよ。あの人は四人の子持ちで、びっくりするほどのケチ。スーパーで二枚で千円の下着を買う男なんです」

正しくは三枚で千円である。

(そして、靴下もたぶん三足千円)

呪文のように唱えても、島崎を見下す気持ちにはなれそうもない。

「会社ライフはどうだい?」

四日目、朝の自動車の中で島崎が尋ねてきた。

「一年…いや、三年かけても、僕は安西さんのようにはなれないと思います」

安西のように、冷静に島崎という人間を捉えることは出来そうもない。島崎とその仕事を理解し、先回りしたサポートをするのも難しそうだ。

それに対し、島崎はレイタに安西のような人間になれとは望んでいないと答えた。

「基本的な社会人としての振る舞い、言葉遣いを身に着けてくれればいいと思っている。最初から秘書にしようとは考えていないよ。別に今だって、きみにも務まりそうな仕事はあるさ。

たとえばファッション店の店員とか、飲食店のギャルソンもいいだろうね」

「だったら、早くそちらで働くようにしたほうがいいんじゃないですか？」

「オレの側にいるのはイヤか？」

　そう尋ねられ、レイタは首を横にいやいやと振った。

「そんな、とんでもない……」

「ファッション店にしろ飲食店にしろ、店舗を任されるようになれば、帳簿くらいつけられないと話にならない。在庫管理にしろ、アルバイトのシフトを組むにしてもパソコンが使えたほうが便利だよ。ワンランク上の客層を狙うなら、言葉遣いも無視できなくなってくる。今はそういうことを学んでほしいんだ。良くしたことに、安西は教えるのが得意だよ。ホストの前はとある私立高校の教師だったというのは聞いたかい？　学生時代は受験塾の講師をしていたらしい。教育部門で何か仕事がしたいと言ってオレを訪ねて来たんだが、あまりにも使い勝手のいい男なので側に置くことにしたんだ。将来的にはＣＩＭＡグループのうちの一社を任せられる人間だと思っているよ」

「そうなんですか。すごい人なんですね、安西さんって……」

　微妙に話が噛み合わない気がして、レイタは少し困惑した——自分の身の置き所について話したつもりが、いつの間にか安西がいかに優秀な秘書かという話になっていた。

　頭の回転が良すぎるのか、島崎の話はあちこちに飛ぶ傾向がある。

「僕は社長室にいてもいいんでしょうか」

一番聞きたいことはこれに尽きる。

「島崎さんや安西さんの邪魔になっていませんか?」

「そこはぜんぜん問題な……——あぁ、そうか。安西の教え方がじっくりすぎてもどかしいってこと? 大丈夫、あいつは無駄なことはしない主義だ。何も心配しなくていいから、今は指示されたことに従っててくれ」

最後の交差点を過ぎ、自動車はビルの地下駐車場へと滑り降りた。

右側が隣りの自動車に迫っていたので、後部座席に乗っていたレイタは左側から降りた。ちょうど島崎も運転席から出たところだった。

島崎を通すために、レイタは一歩後ろに下がった——と、真ん前を歩こうとした島崎がくるりと振り向いた。

(え?)

近づいてくる顔に後ずさる。

島崎は間を詰めてきた。

また下がる
そして、背中がコンクリートの壁にぶつかった——もう下がれない。

壁に手をついて、島崎がレイタの顔を覗《のぞ》き込んできた。

「なぜ逃げる？」

「だって…ここ、会社ですよ」

「家庭よりは恋愛向きだ。オフィス・ラブをしようじゃないか。社長と新人秘書、設定だけですでにエロい」

「な、なに言って……——」

ちゅ、と唇を塞がれた。

ところどころに立つ太い柱のせいで、ここは地下出入り口に詰めている警備員らの死角となっている。

島崎はレイタを冷たい壁に押しつけ、細かいキスを繰り返した。

唇に唇が触れるたび、レイタは抵抗する気持ちをなくしていく……。

見られる心配がないのなら、そもそも抵抗する必要はない。それに、レイタは始まったばかりの一人暮らしで、早くも人の気配や温《ぬく》もりに飢えていた。

レイタの唇が緩むと、島崎は深く長く重ねてきた。

求められることを嬉しく思って悪いわけはない。されるがままになりがちなレイタだが、珍しく積極的になろうとした。

地下駐車場という場所、オフィス・ラブという単語の淫靡《いんび》な響きの影響はたぶんにあった。

呼吸を奪い合うかのように貪りながら、互いの身体に腕を回す——レイタがくったりとなって、完全に島崎に身を委ねるまで。

ふっと島崎が笑った。

「その気になったか？」

手の甲でレイタの前を軽く叩いた。

「……！」

「よかったよ、相手がオレでもいいって知れて」

軽く笑い声を立ててから、島崎がひらりと身体の向きを変えた。前ボタンを閉めていなかったスーツの身頃がふわっと浮くのが目に入った。

（身のこなし、鮮やか過ぎない……？）

去って行く背中が広い。

ぼーっとそれを見送るところだったが、始業開始時間を思い出し、レイタは慌てて彼を追いかけた。

閉まりかけていたエレベーターの扉へ滑り込む。

乗っていたのは島崎一人だった。

勢いに乗ってレイタは男に抱きつき、その唇を奪いにいった。

一階で停まり、数人が乗り込んできたときにはスッと離れた。

レイタの唇はキスの名残りで濡れている——が、もちろん誰も気づかない。

「……プロだな」

傍らで島崎が呟くのを聞き、レイタは唇の右端をくいっと自嘲ぎみに上げた——手練《てだ》れの男がするだろう表情を恣《し》意的に作る。

別れ際のホストのつもり。

いまだに得意なのはこんなことばかりだ。

＊

その日も大したことをしないまま、宏哉を迎えに行く島崎の自動車で帰宅となった。違っていたのは、降車するときに島崎に手を握られたことだった。

「僕もコウくんを迎えに同行しましょうか？」

「そういう意味ではないよ」

どういう意味かと首を傾げたが、島崎は答えなかった。

答えないままで、呆れたように決めつけられた——なかなか鈍感だな、と。

「明日の待ち合わせまで考えておくように」

「は…はあ」

狐《きつね》につままれたような気分でレイタは自動車を降りた。

（考えろって？　こっからは勤務時間外なんだけどな）

いつものようにコンビニで夕飯になるものを購入し、日当たりの悪い古いマンションの一室へと帰っていく。

普段着に着替えてから、管理人の代わりにマンションの清掃をした。

三階の廊下を掃いていると、住人の女性に階段の上の蛍光灯が切れかかっているから取り替えてほしいと言われた。

蛍光灯を買いにスーパーマーケットに行った。

制服のままで買い物をしている麻里を見かけたが、レジの混雑っぷりに声をかけそびれてしまった。

（今夜会いに行こうかな）

木曜日は塾があるので、麻里はこの後出かけるはずだ。

彼女が帰るまでは、ベビーシッターが小さい三人の面倒を見てくれていると聞いた。佳奈と宏哉はともかくとして、亮はシッターさんに従っているだろうか。

宏哉を寝かしつけながら、麻里を待ってもいいかもしれない。

島崎家を出て以来、いつ訪ねたものかと考えてきた。すぐにでも会いに行きたかったが、涙の別れをした翌日、翌々日の訪問は間抜けな気がした。もう少し、もう少し…と先延ばしにして今日まできた。

麻里からのメッセージは何度かあった。

レイタの慣れない会社生活を聞くばかりで、顔を出してほしいとは書かれていなかった——たぶん、気を遣ってくれていたのだ。あるいは島崎がストップしていたのか。

午後八時半、小さい三人が入浴を終えただろう時間にレイタは島崎家を訪れた。

土産は彼らが好きそうなプリンにした。

玄関まできたとき、なにやら家の中から騒がしい物音と声がしていた。もう同居しているわけではないので、一応レイタはインターフォンを鳴らした。

「はい」

応じたのは佳奈だった。

モニターにレイタを認めると、佳奈は早口で「レイちゃん、入ってきて」と言った。

「亮ちゃんが虫を放しちゃって大変なのっ」

「わかった」

玄関の扉に鍵はかかっていなかった。

ノックしてから扉を開けたが、レイタを出迎えたのは玄関マットの上にいるバッタだった。

「お…おお！」

捕まえようとするも、バッタは大きく跳ね、スリッパ・ラックの後ろに入り込んでしまった。

「あ、レイちゃんだあ！」

なにか雑草を手に握って、宏哉がリヴィングからとことことやってきた。

「なんか騒いでいるみたいだけど、どうしたの？」

「にぃにがね、学校の裏の野原でバッタをたくさん捕まえてきたの。どれが一番高く跳ねるか見ようって全部外に出したら、あちこちに逃げちゃったんだよぉ」

「そりゃ大変だ」

はい、と草を渡された。

「虫は草を食べるんでしょ。これを持ってたら、きっと近づいてくるよね」

「それはどうだろう」

リヴィングでは飛び跳ねるバッタをもはや摑まえるのではなく、退治してしまおうと箒を振り回している中年女性がいた。

「殺さないで！」

佳奈はその女性から箒を奪おうとしている。

亮はと言えば、真剣な表情で草を入れた虫籠をいくつも設置していた――たぶん、あれは罠《わな》のつもりだ。

「ナニーのおばさん、ドタバタしないでよ。静かにしていないと、バッタが虫籠に戻らないじゃないか」

「虫籠に自分から戻る虫なんていませんよっ」

家具の隙間などに入り込まれる前に何とかしようとしているベビーシッターは、大人として当たり前の行動をしているだけだ。

しかし、幼い亮たちは理解しない。

「やめてったら！」

佳奈と箒を取り合い、バランスを崩したベビーシッターが転んだ。

ソファの肘掛けのところにメガネの縁が当たり、目蓋のすぐ上を切ってしまった。彼女の顔に血が流れるのを見て佳奈が叫び声を上げた。

「大丈夫ですか」

レイタはすぐに女性に駆け寄り、傷にティッシュをあてがった。

「目は傷ついてませんよね？」

「あ…あなた、どなたです？　いついらしたんですか？」

「僕、島崎さんの友人で河合といいます。ちょっと前に、ちゃんとピンポンを鳴らして、玄関から入ってきたんですが……」

「あ…あぁ、気づきませんでした」

彼女は呻《うめ》いた。

「もうめちゃくちゃよ…――ここの家の子は、本当に……わたし、嫌だって断ったんです。一人でここの三人の面倒は見られないです。でも、他にいないと押し切られて……この間だって、亮くんは新しい掃除機を試すと言って、家中にビービー弾の玉をばらまいたんですよ。今回はもっと酷い。生き物ですから。ぴょんぴょんぴょんぴょん…って、もうどうしようもない」

「わかります、わかります」

リヴィングで跳ね回るバッタのことはとりあえず無視し、弱り切ったベビーシッターをソファに座らせた。

傷を消毒し、ばんそうこうを貼った——頭に近いので多めに出血したが、思ったより傷口は小さかった。

冷やしたほうがいいと、保冷剤とタオルを手渡した。

「服、血で汚れちゃいましたね。島崎さんにちゃんとクリーニング代を請求しましょう」

「そんなのはいいです。ただ、わたしはもうこちらでお仕事はしません。務まりませんから。指名しないでいただきたいです」

「そ…そうですか」

佳奈がおずおずと側に来た。

「ナニーさん、ごめんなさい」

「……大丈夫ですよ」

子供の謝罪を受け入れてくれる彼女は、決して冷たい人ではない。

そんなやりとりにも気づかずに、亮は設置した虫籠の側に身を屈《かが》め、相変わらずバッタが餌を求めて籠に戻るのを待っていた。

草を握り締めたまま、玄関のほうにいた宏哉がリヴィングに戻って来た。

「バッタはみんな隠れちゃったみたい。草を振っても出てこないんだよ」

亮以外の者たちはソファに集まってしばし休憩した。

レイタはどうしたものかと頭をフル回転させた――バッタの気配はそこら中にあるが、全て捕まえるのはそう簡単ではないだろう。

「一体どうしたら…――」

ベビーシッターの声には途方に暮れたかのような響きがあった。

一つ膝を叩いて、レイタは言った。

「なんとか出来るかもしれません」

それには亮を説得しなければ。

まず、虫は自由になったので、すぐに自分で籠に入ろうとはしないだろうと状況を説明した。

バッタが跳ねている状態のままだと、塾から帰ってきた姉の麻里は落ち着かないだろうし、父親はたぶん怒るだろう、とも。

「怒られる?」

「たぶんね」

「怒られるのはイヤだな。パパが帰る前にどうにかしなきゃ」

狭いところに入ったバッタを捕まえることは不可能に近いが、自ら外へ出て行くように促すことは出来るかもしれない。

一生懸命に捕まえてきたのだろうが、今回は飼うのを諦めて欲しい。

「で、どうするの？」

興味を引かれ、亮が聞いてきた。

「虫は明るい方に飛ぶ習性があるよ。それを利用出来るんじゃないかな」

デッキへの掃き出し窓と玄関扉を開け放ち、リヴィングや玄関の灯《あか》りを全部消した。隣家の窓の灯りや街灯のせいで、家の中よりも戸外のほうが明るいという状態を作り出す。

「たぶん虫は動き出すよ」

レイタが極端に小さい声で言うと、子供たちは暗闇の中で十分以上も静かにしていた。

隣家の窓を目指し、飛んでいくバッタたちが黒く見えた。

宏哉が窓辺に立って言う。

「バッタさん、さよーなら」

亮も言う。

「また捕まえてやるからな、元気でいろよぉ」

バッタの移動が感じられなくなってから、レイタは玄関の扉を閉めに行き、窓のほうは網戸にした。

やっと灯りを点《つ》けた。

とりあえず、バッタの気配はしなくなったと思う。

レースのカーテンにしがみついていた一匹は捕まえて、亮の虫籠の一つに入れてやった。

「何匹くらい捕まえてきたの？」

「二十匹くらい？　いや、もっとか。学校の裏の空き地にいるんだ。卵から孵《かえ》ったばかりだから、まだ小さくて細い。すばしっこいから、佳奈には無理だけどオレは捕まえられるんだ」

「すごいね、亮くん」

褒めた上で、レイタは言った。

「でも、家に放すのはダメだったね。ここにはバッタが好きな新鮮な草もないし、ちょっと観察したら元の場所に戻してあげるほうがいいと思うよ」

「オレはコウに見せてやりたかったんだよ」

「そうだったんだ。さすがにぃに」

褒めるレイタを見遣《みや》り、ベビーシッターは物言いたげに首を左右に振っていた——ここは叱るべきだろう、と言いたかったのかもしれない。

麻里が帰ってきた。

「なぁに、まだ起きてるの？　もうみんな寝る時間でしょ」

「そうなんだけど、ちょっと事件があったからさ」

答えるレイタを見て、麻里は嬉しそうに笑った。

「レイちゃんが来たんじゃ、大事件よね」

そうじゃないとレイタが言おうとしたとき、ベビーシッターが立ち上がった。

「わたしはもう時間ですので……」

「お疲れ様で……――あら、怪我《けが》されてる。もしかして、亮がなにか？」

「大丈夫です、気になさらないでください。あの…お力になれなくて、ごめんなさいね。男の子、得意じゃなくて……みなさま、お元気でね」

そそくさと帰って行った。

レイタは簡単に麻里に事件を説明した。

うわあと呻いて頭を抱えてソファに座った麻里の膝に、小さなバッタが乗ってきた。外に逃げなかった一匹だった。

怖がることなく摘み上げ、麻里は無造作にそれを窓の外へと逃がした。

「え、なんで逃がしちゃうの？　虫籠に入れてくれれば良かったのに」

「良かったのに！」

亮と宏哉が文句を言ったが、麻里は狭い籠に閉じ込めていたら可哀想だよと言った。

「あんたたちだって、家にずっといなさいって言われたらつまんないでしょ。食べ物は貰えても、好きなものを自分で探して食べることも出来ないんだよ」

「……わかったよ」

納得して、亮はさっきレイタが虫籠に入れた最後の一匹も外に放した。

「あーあ」

がっかりの声を漏らしたのは宏哉だった。

「今度、学校の裏の草っぱらに連れてってやるよ。バッタだけじゃなくて、テントウムシとかもいるんだ」

「そうなの？　すごいね」

「わたしも行く。テントウムシは可愛いから好き」

みんなでレイタの土産のプリンを食べて、歯を磨き直した。レイタが小さい三人を寝室に連れて行っている間に麻里は風呂へ。

絵本を読んでやり、何日かぶりに宏哉に添い寝した。

子供と暮らすというのはこういうことだ。突発的な小さな事件が連続して起きる。解決したら、次の時間へ。引き摺っても仕方がない。

幼児特有の甘いような匂いを嗅ぎながら、レイタも少しだけ眠った。

人肌の心地好《よ》さに触れてしまうと、何もない狭いマンションの寝床に戻らねばならないのが苦痛に思えた。

リヴィングに出て行くと、麻里が髪にドライヤーをかけていた。

「みんな寝た？」

「寝たよ」

「今日はレイちゃんが来てくれてて、ホント良かったわ」

「それこそ虫の知らせだったのかな」

バッタ事件を振り返ってやっと笑い合える気持ちになれた二人だったが、これで島崎家が抱える問題が水に流れたわけではなかった。

基本的に麻里は家に他人が入るのを嫌がるが、いざというときに助けてくれる先がないのはまずいという認識は持っていた。

「亮は悪い子じゃないけど、思い立ったら止まらない。ガツンと言ってくれる人じゃなきゃダメなのよ。その点では、山本さんは最適よ。だけど、厳しいから佳奈が萎縮しちゃう」

「大家さんの奥さんはまだしばらくかかるみたいだよ」

「なんか、そうみたいね。実は昨日ちょっとだけお見舞いに行ってきたの。これからリハビリして、少し動けるようになってから退院なんだって。退院したからって、元みたいに動けるかどうかは分からないよね」

「お見舞いに行ったんだ？　そういうとこ、麻里ちゃんは偉いよ。律儀だよね」

「ママが亡くなったときはまだ宏哉が二歳だったから、山本さんが来てくれたのはホントに助かったの。そこは感謝しないとね」

「でも、コウくんはまだまだ小さいよね」

やっと四歳の宏哉はレイタのシャツをぎゅっと握り締めて寝ていた。朝まで一緒に寝てほしいとは口にしなかったが、たぶん本心ではそうだろう。

その手を外すのには胸が痛んだ。

「パパがもっと家にいられたらいいのに……無職の父親はやばいけど、パパは働き過ぎじゃない？　あんなに社長が働かなきゃ、会社って回っていかないもんなの？」

「僕には分からないな」

「レイちゃんは会社勤めってどう？」

「どうって……なんか、パソコンの学校に行っている感じだよ。いろいろ習うことばかりで、会社の歯車にもなれてない」

「女子社員にきゃーきゃー言われてんでしょ？」

「社長室からほとんど出ないから、それはないよ。トイレで会った男の社員さんたちにはじろじろ見られたことはあるけど」

「ふうん」

麻里は少し躊躇《ためら》ってから、指摘してきた。

「レイちゃんにサラリーマンはやっぱり似合わないな。そういうふうに生まれついてないって感じ……こんなこと言ったら、失礼かもしれないけど」

「失礼もなにも、僕自身もそう思ってるよ」

「芸能界に戻ったほうがいいんじゃない？　何年もやってきたんだもの、スキルも人脈もあるんでしょ」

「そりゃあるけど……でも、なんか上手く立てなくなったんだ」

気が緩んだのだろうか、レイタは大人びた中学三年生につい本音を漏らしていた——一つ屋根の下で暮らした日々で、小さい三人を守るという共通の目的を掲げた二人の間には特別な絆《きずな》が出来ていた。

「前はさ、グループの仕事に繋がるように、ソロ仕事も一生懸命にやってたんだ。グループがなくなって、その目的がなくなっちゃったっていうか……今度は自分が評価されるために、自分が一人で食べていくために仕事をするってことなんだけど、そこに欲が見出《みいだ》せなくて。せめて、一緒に喜んでくれる人がいれば…と思う。甘えだって言われればそれまでだけど」

「テレビにレイちゃんが映ったらわたしは嬉しいけどね。前にうちに来たダンス部の子たちも嬉しがると思う。亮がお世話になった看護師さんたちや、宏哉の保育園の先生やお母さんたちも、きっと喜ぶよ」

「そう。島崎家に来て、僕は普通に暮らしている人たちと知り合い、リアルな生活を知ったんだよね」

「矛盾するかもだけど、レイちゃんがずっと家にいてくれたらなって思うよ。なんでパパはレイちゃんを雇い直して、住み込みのお手伝いさんにしてくれなかったんだろう。島崎家の問題にレイちゃんを巻き込んではいけない、レイちゃんから自由を奪ってはいけないって言ってたけど、レイちゃん自身は自由を上手く使えてないんでしょ？」

「僕の浮世離れしたところが子供たちに良くないって思ったのかもね。お金の使い方も分かってなかったし」

「レイちゃんが家にいてくれれば、宏哉が甘えられるし、レイちゃんは亮にも根気よくつき合ってくれるよね。佳奈にも気を配って…って、あの子、たぶん学校で虐《いじ》められてるよ。持ち物がなくなったり、汚されたりしてくることが多すぎ。亮がいないところで、女の子たちにやられてるんじゃないかな」

「僕もそんな気がしているよ」

「パパに言ったところで、負けるなとか的外れな励ましを貰うだけだよね。パパは佳奈みたいな大人しい子の扱いが分かってない」

　レイタはうんうんと頷いた。

「わたし、パパの再婚には耐えられそうもないけど、うちに人手が必要ってことは理解してるんだ。でもね、うちが他人の手を借りてやっと成り立つってのも気に食わない。どうしたらいいんだろうね。もう塾は辞めちゃおうかな」

「麻里ちゃんが犠牲になるのも良くないよ」

麻里は再び「レイちゃんがいてくれればいいのに」と言った。

「レイちゃんはパパに色目使って、ママの後釜に座ろうなんてしないもん。家に来るベビーシッターや家政婦ってそんなんばっかりだった。レイちゃんがいいよ」

「そうかな?」

レイタは目をくるりとさせた。

「そんなアンパイな存在じゃなかったりして……」

おどけてみせたレイタを麻里はじっと見つめた。

「レイちゃん、もしかしてパパのことを好きになっちゃった?」

「う…ん、どうなのかな」

レイタは首を捻《ひね》った。

「麻里ちゃんが嫌なら、まだぜんぜん引き返せるところにいるよ。今はまだお互いに物珍しいだけだからね」

「お・た・が・い?」

思わず、口をパッとレイタは塞いだ——これは失言だ。

「ああ、そうか。なるほどね。パパもレイちゃんが好きなんだ? レイちゃんって、性別がない妖精さんみたいだもんね」

噛み締めるようにうんうんと頷く麻里に、そんなことはないと主張する必要はない。

（僕が妖精だって？）

両性具有の雰囲気があるとは言われたことがある。スーツ姿にしても、女性が男装をしているように見えてしまう。

しかし、自分としては男という認識だし、身体はちゃんと男である。

「麻里ちゃん、嫌じゃないの？」

「不思議と嫌じゃないんだな。どうしてかな？」

レイタは黙って、彼女が自分で答えを導き出すのを待った。

「やっぱりレイちゃんは男で、だから…パパとママが夫婦だったことにぴったりとは重ならないよ。ママをいなかったことにはしないでしょ。思い出を壊される怖れはないってこと」

「そうだね、そこはそう」

「あと、圧倒的にルックスに説得力があるよ。パパはカッコイイし、レイちゃんはきれいだから……同性同士でも、ツーショットが気持ち悪く見えないのは小さくないわ」

「いやいや、男同士ですって」

「それでも」

麻里は二人がそういう気持ちなら応援したいと言った。

「わたしはパパもレイちゃんも好きだからさ」

世代かな、とレイタは微笑む。

差別や偏見、無知を恥ずかしいと教えられて育った麻里たちは、醜い争い事が少ない優しい時代を目指す傾向にあるのかもしれない。

（テレビ業界がますます苦しくなるぞ。笑いを根底から見直さないとね）

たとえ生理的違和感をもたらすことがあっても、個人の特徴は嘲笑されてはならない。その嘲笑こそがイジメである。

「ただいま」

島崎が帰宅した。

「玄関でバッタに出迎えられたんだが？」

捕らえた虫を指で摘んで、リヴィングに入ってきた。

「お帰りなさい」

「お、レイタくん。来てたのか」

「お邪魔しています」

麻里とレイタは二人がかりでバッタ事件とその顚末《てんまつ》について話した。

「やってくれるなあ、亮は」

島崎は着替えながら面白がって聞いていた。

ネクタイを緩めるところ、シャツの手首ボタンを外す仕草に色気を感じ、レイタは視線を外せないでいる自分に戸惑った。

ベルトを緩めたところで一旦自室に戻ったので、今はどんな下着を穿いているかは確認できなかった。

戻ってきたときは、レイタが購入したブランドもののジャージを着ていた。スーツ姿は一番だが、これはこれで見映えがする——落差にやられるのだ。

今度こそベビーシッター会社から完全に手を引かれるだろうと麻里に言われ、顰《しか》めた顔の表情も悪くなかった。

レイタがカメラマンなら、間違いなくシャッターチャンスだ。

「それはまずいな」

眉間に寄った皺も。

単純に、顔がいい。

「でも、大丈夫だよ！」

ことさら明るく言う麻里に、レイタはハッとした。島崎家の状況を思えば、今さらその父親のイケメンっぷりに見惚《みと》れている場合ではない。

「来月から双子は学童保育を使うことになったから、帰宅は六時に延びるでしょ。さすがに疲れて、亮のパワーも半減するんじゃない？　あとはわたしが塾を辞めて、パパの帰りまで三人の面倒を見ればいいよ」

「それはダメだ。お前の勉強時間がいよいよ確保出来なくなるぞ」

すぐに申し出た。

「じゃ、麻里ちゃんが塾の日には僕がみんなの面倒を見に来ますよ」

「有り難いが、それもダメだ」

「どうして？」

麻里が説明を求めたが、島崎は明確な理由は言わなかった——これは島崎家の問題だと言うばかり。

「ついにオレが働き方を変えるときが来たな。考えてはいたんだが、タイミングが分からなくてね。とりあえずは週に二回、夜は社に戻らないで回す」

「大丈夫なの？」

「麻里に心配されてちゃ世話ないね。藁《わら》で作ったわけじゃないんだ、多少の風くらいには耐えられる会社のはずだ。まあ、ダメならダメでまた考えよう」

バラバラと雨が降ってきた。

網戸を通して雨が中へ入り込んでくるので、すぐに窓ガラスを閉めた。

「二階も開けてるよね？」

レイタは急いで二階に走っていく。

天気予報によれば、明日はずっと雨らしい。今年はカラ梅雨と言われているが、今後は気温が下がって降ったり止んだりが一週間以上も続くとか。

「さて、僕はそろそろ帰らなきゃ。明日も会社だから」

「パパ、送ってあげたら？」

言いながら、麻里がレイタに目配せした――二人っきりにしてあげるよ、と気を利かせたつもりだろう。

慌ててレイタは断った。

「帰ってきたばかりなのに、とんでもないです。ビニ傘を貸して貰えればそれでいいので」

「送っていくよ」

島崎はテーブルに置いたばかりの自動車の鍵を取り上げ、掌《てのひら》の上で弾ませた。

「自分が昔住んでいた部屋がどれだけ古くなったかも気になるしな」


「こんな狭かったっけ？」

山本《やまもと》夫妻所有の古いマンションの一階奥で、島崎《しまざき》はぐるりと一回転した。

「しかし、まだ何もないんだな。オレはここにベッドを置いて、こっち側にテーブルと本棚、ポールハンガーを並べてた。日曜日、なにやってたの？」

「スーパー東友《とうゆう》には行きましたよ。カーテンと洗面用具だけ買いました。コンビニが近くにあるから、冷蔵庫とかは別にいらないかなと思って……」

必要最低限にも満たないほどの殺風景さに島崎は呆《あき》れていた。

家具らしい家具はベッドだけで、カーテンレールにスーツが二着とワイシャツが三枚掛けてあるのみ。その他の衣類は紙袋の中だ。

「生活は整ってないが、宿題はすぐに解いてくれたからいいとするか」

「え?」

宿題なんか出されたっけと首を傾《かし》げていると、島崎が腕を広げた。こうされたら、ほとんど反射的に飛び込んでいくことになってしまう。

「だから、うちに来てたんだろ? 違う? 解答は朝まで待たなきゃならないかと思っていたから、帰宅したら顔が見られて嬉《うれ》しかったよ」

「あ…あぁ」

夕方の別れ際に手を握られたのは、こういう時間を作れないかという誘いだったのだとやっと気づいた。

島崎の肩に頬をつけると、背中に腕が回された。

逃げる気はなかったものの、とうとう捕まってしまったと思った。

「ね、聞いていいですか?」

「なに?」

「あの家ではこういうことはしづらい? だから、僕をここに住まわせたの?」

「別にそういう意図はなかったよ。ただ急激に近づいてしまったから、一度冷静になるだけの距離を取る必要を感じたんだ」

「距離は取れてないですよ。だって、職場は一緒ですもん」

レイタの指摘に、島崎はくっくと笑った——そうなんだよな、と。

「結局オレは慎重なんだ。いろいろ考えたよ。うちの子供たちと仲良くなって、面倒を見てくれるからレイタくんを好きになったんじゃないか、とか、子供のことなしだと好きにならなかったんじゃないか、とか。いまいち自分の気持ちに自信が持てなかった。そのへんを見極めようとして、このマンションに移って貰《もら》ったってわけだ」

「で、見極められた？」

「さっさと仕事を斡旋《あっせん》せず、社長室に軟禁している男が客観視なんかすると思うかい？」

「軟禁…だったんだ」

「女性社員どころか男性社員にすら会わないだろ、ほとんど。スーツのきみは目立ちすぎるから、外には出せない。掠《さら》われてしまいそうだろ？」

ここで島崎はレイタの耳を弄《いじ》り始めた——こしょこしょと内側をくすぐってくるのに首を竦《すく》めた。

焦《じ》れったさが溜《た》まってくるのは耳ではない。

レイタは溜息を吐いた。

「僕に仕事を紹介する気はなかったんですか？」

「最初はあったが、今はどうしようかと思ってる……一般人の生活をしてみるべきだというオレの考えが正しいのか、だんだん自信がなくなってきたんでね。ここにしても、きみにぴったりの住まいとは言えない。どうやらオレはお節介をしたようだ。きみは知人のところに居候して、たまにちょっと働いてみるような生活が似合っている。なあ、本当はどう考えているんだい？　本気で普通の仕事をしてみたいの？」

その質問には答えられなかった。自分でも、どうしたいのかいまだ分からない。分からないままで二年が過ぎ、今も分からないままなのだ。

だから、レイタは逆に聞いてみた。

「僕に出来ることはありますか？」

島崎はいろいろあるよと言ってきた。

「前にも言ったが、きみは販売ならやれると思うよ。安西《あんざい》も同意見だ」

「販売…ですか？」

「洋服でも車でも、客にこれがいいと思わせて、買わせるような仕事は得意だろうね。数字を持った営業マンになるんじゃないかな」

「そうかなあ」

向いている仕事があると言われたのは嬉しくないこともなかったが、すぐそれに飛びつけるほどレイタは浅はかではない。

一般人として、学歴や経験を積み上げてこなかったのが不安だ。もちろん人脈もない。社長椅子に座る島崎の近くに数日いて、自分が普通に生きていくにはかなりハンデを背負っていることに気がついた。正直、台本なしでは敬語すらおぼつかないし、新聞の内容もちゃんと理解しているとは言えない。

このまま社会に出るのは心許《こころもと》ない。

（家賃は管理人の仕事を代わりにすることで今は免除して貰えているけど、食費や光熱費などの必要経費は稼がなきゃ……ホントは仕事に選《え》り好み出来る身分ではないんだよな）

普通の仕事が務まらないなら、また先輩や友だちにぶら下がる生活に戻るしかない。彼らはいつまでレイタを支えてくれるだろう。

ダンス講師になった先輩が、若い男に仕事を奪われたと聞いた。俳優をしている友人にしても、このままオーディションに落ち続けるなら、地元に帰るのを検討しなければならないそうだ。

「……もう少し、このまま続けさせてもらっても？」

「いいよ」

耳にちゅっとキスされた――真面目な話をしているつもりなのに、島崎は余裕で仕掛けてくる。

「せめて表計算が出来るくらいにはならないと、どうにもこうにも……安西さんにはお手間を取らせてしまいますけど」

「きみは素直で覚えが早いから、教えるのは苦ではないと安西は言っていたよ。生徒として可《か》愛《わい》く思っているそうだ。やつは筋金入りの女好きだが、元ナンバーワン・ホストだ。一応は気をつけるんだな」

温かい息を耳に吹き込まれ、ざわっと鳥肌が立った――これから起きるだろうことへの期待に早くも身体《からだ》が騒ぎ始める。

「安西より、オレのほうが好きだよな？」

こくりと頷《うなず》くと、くっくと楽しげな笑い声が鼓膜まで届いた。

「社長が一番です」

「そう思って貰いたくて、仕事をしているところを見せたんだよ。父親ではなくて、社長のオレを……日々惚《ほ》れ直してほしいから」

いじましいことを言ってくるが、島崎はレイタがかぶりつきで見ていることをちゃんと知っているはずだった。

「……すごく、すごくカッコイイです」

「だろ？」

言われ慣れているだろうに、喜んでみせる彼が好きだ。

嫌味も言うし、計算高くて駆け引きもする男だけれど、意外と根本的なところでは単純なのかもしれない――どこにでもいる男たちと同じに。

「レイタ」

初めての呼び捨てだった。

感激して何も考えられなくなったところへ、レイタにとって都合の良い申し出がなされた。

「基本的にオレは働かざる者食うべからずって考えだが、きみは例外にしてあげてもいいよ。でも、知人をあてにする生活には戻るのはダメだ。やめてくれ。この先、あてにするのは一人にしろよ。オレ一択にしてほしいんだよ」

おもむろに耳のすぐ下を軽く吸われ、背中が反り返った。

「……あっ」

レイタは島崎にしがみついた。

(オレ一択ってアピール……いいな、すっごく)

嬉しくて笑いたかったが、唇を塞がれた。その感触と温かさに応えようと、そっと舌先を差し出してみる。

吸われては引っ込め、差し出してはまた吸われ……。

彼はレイタの何を吸ったのか、だんだん立っているのがままならなくなってきた。寄り掛かっていくと、強い腕でしっかりと支えてくれるのが頼もしい。

男の体温で心まで温《ぬく》もっていく……。

流れ込んでくる温かさが、時間が経《た》っても減らないのが不思議だ。後から後から湧き出てくるものなのか。

(これが愛ってやつ……?)

初めて知った甘ったるい感情。

唐突に鼻の奥がつーんとして、目元が熱くなってきた。

(僕はこの人が好きなんだな)

好きだから、こうして抱き合っているわけで……——そう、押し退《の》けたくはならない。

そして、この抱擁は必ずしもセックスの導入ではない。

二人っきりのデートも食事もなかったが、レイタは島崎とちゃんと恋愛をしていた。視線のやりとり、心のやりとりがあった。

惚れて、惚れられ、もっと惚れて……相手のために何かしたい、側にいたいと思う気持ちが芽生えた。きっとこれが愛なのだ。

出会いからここに至るまでは早かった。

それでも、島崎はときどき誘いを仕掛けながら、レイタの気持ちが育つのを窺《うかが》い、完全に自分に惚れたと確信するまで待ったつもりだろう。

だから、もう身を任せてしまってもいい。

ふわっと浮遊感を覚えた後、背中をベッドマットに押しつけられていた。

「きみが好きだ」

敏感になった耳に注がれた低い声。

「……もっとキスして」

レイタがねだると、島崎は上唇と下唇を交互に啄《ついば》んでから、緩んだ唇にそろりと舌を差し込んできた。

窄《すぼ》めた唇で包み、そっと吸ってくる。

舌先と舌先が触れると、ぞくぞくと何かが電流のように背筋を走った。

(あ……僕たち、繋《つな》がったね)

浅く、深く、何度も唇を重ねた。角度を変えて、数限りなくキスを繰り返す——唇が痺《しび》れ、腫れぼったくなるまで。

やっと唇を離しても、鼻先がくっつくほどの距離で目を合わせていた。

島崎の濡《ぬ》れた唇が卑猥《ひわい》だ。

その卑猥さがレイタの呼吸を速くさせる。

「僕が欲しい？」

「欲しいよ」

即答された。

「男だよ？　柔らかい胸はないよ？」

「まあ、そこは……勝手が分かって楽だと思えるから」

「同じだもんね」

「ぴったり同じでもないさ。レイタはきれいだよ」

嬉しくて笑ってしまう。

笑った唇にちゅっと軽いキスを落としてから、島崎の探索が始まった。シャツの上からレイタの身体を確かめ、探ってくる。

胸のない身体は薄い。

腰も細い。

「足、長いな」

「こうやって、あなたを抱き締めることが出来るよ」

レイタは島崎の胴に足を絡ませた。

腰と腰が密着し、お互いのそこが固く変化しているのを感じた。着衣のまま、揺すり上げるように島崎が腰を擦りつける。

「……ん、あぁっ」

快感よりも生々しさに声が出た。

キスをしながら、反転。今度はレイタが擦りつける番だ――布ごしの快感が焦れったいが、腰を動かさずにはいられなかった。

下にいる島崎がレイタのシャツを捲《まく》り上げ、あばらの上を飾る小さな突起を探った。指で転がされ、レイタは背中を撓《たわ》ませた。

「感じる？」

こくこくと首を縦にする。

「肌が白い……あぁ、ここは鮮やかなピンクなんだな」

「電気を消したい」

立ち上がって電気の紐《ひも》を引っ張ろうとしたところ、腰を強く摑《つか》まれた。

「ダメだ、見られなくなるから」

下から揺すり上げられ、ヒッと喉が鳴った。

「う…動かないでっ」

「動いたらどうなる？」

「ふ、服のまま…っちゃう」

「じゃ、脱いだらいい。見ててやるから、自分で脱いでごらん」

レイタは島崎の足の間に膝立ちになり、腕を前で交差させた上でシャツの裾を握った――以前カメラマンにこういうショットをリクエストされたことがある。

色っぽく見せるには、S字になるように肩と腰を少しずらしぎみにするといい。

島崎の視線に視線を絡ませてから、少し顎を上げ、首を右肩に傾けたなりでシャツを一気に捲り上げた。

シャツから首を抜くと、また視線を交わす。

乱れた髪は直さなかった。

ほうっと島崎が息を吐いた。

「……下もだ」

その声は掠《かす》れていた。

じっと見られているのを意識しながら、パンツのゴムに手をかけた。右側を先行させ、緩慢に腰をくねらせる。そして、左側は下着ごと膝までじわじわと引き下ろした。

左に引っ張られて右も下がると、レイタのそれがゴムの上に弾《はじ》け出た――充分な硬度でそそり立った。

ごくりと島崎が生唾を飲むのが聞こえた。

そんな彼の顔に視線を向けながら、わざとゆっくりした仕草でパンツと下着から足を抜いた。腰のカーブが見えるか見えないかの角度をとる。

生まれたままの姿になったレイタは男に跨《また》がり、彼のジャージのジッパーを開けにいく。中に着ている白いタンクトップの胸に手を這《は》わせ、突起をきゅっと摘んだ。

「……！」

目を瞑《つぶ》った男の睫毛《まつげ》が震えていた――なんて、卑猥な。

しかし、島崎はされるままになるのを喜ぶタイプではない。レイタを乗せたままで横に転がり、たちまちのうちに自分が上の位置をとった。

そして、ジャージとタンクトップを無造作に脱いだが、パンツのほうは今し方のレイタの仕草を真似《まね》てか、焦らし焦らしで下ろしてみせた。

どうだと言わんばかりに少し得意げで、思わず笑いを誘われる。

（ちょっと違うんだけどな）

真っ正面からのショットはあからさますぎて使えない。身体のさりげないひねりや顔の角度が大事なのだ。

露《あら》わになったそこを見つめてしまう。

島崎に似つかわしい形と大きさに、つい「おお」と感嘆が漏れた――想像していたよりもずっと猛々《たけだけ》しい。

（少し…こわいや。僕、大丈夫かな？）

受け入れるときの痛みに怯《おび》えたのではない。こういう自信に溢《あふ》れた男は経験値が高いだろうし、必ずレイタを快感に悶《もだ》えさせてくれるに違いない。

けれども、度を越した快楽の前にどうして身構えずにいられるだろう――一度味わってしまったら最後、それなしで生きられなくなったらどうしたらいいのか。

「レイタ」

名を呼びつつ、島崎が身体を乗せてきた。

ひたっと皮膚が重なり、相手の体温に包まれるのは心地好《よ》かった。

「オレにもっと惚れてくれ。なんか、淡々としているのが小憎らしいよ」

「そんな……結構、翻弄されてます」

耳を唇で挟まれた。

繊細な軟骨を確かめるかのように、外側をゆっくり移動していく。

くすぐったくて首を竦めずにはいられないが、微《かす》かな快感も感じている。こんなピンポイントを執拗《しつよう》に攻めてくる男の癖の強さが愛《いと》おしい。

「いつも思うけど、耳が好きですよね」

ふふと島崎は笑い、初めて意図を明かした。

「ここで感じられるようにしておくと、いつでもどこでもその気にさせられるだろ？」

「あ！」

ふっと軽く息を吹きかけられただけなのに、身体がひくりと跳ねた。

熱くなった耳たぶに触れようとした手を取られ、指先にちゅっとキスされた。可愛らしい音をわざとさせるのが島崎流らしい。

（……こんなこと、一度もされたことない。したこともない）

胸が甘く絞られた。

男の切れ長の目尻が目に入った――そこに、小さい黒子《ほくろ》を見つけた。彼の秘密を知ったような気持ちになり、感情の盛り上がりのままレイタは口走った。

「好き……あなたが、いい」

島崎に腕を回した。

そこから、またキスの応酬だ。呼吸を奪い合うくらいにキスを交わし、そうしながら互いの身体に手を這わせた。

濃厚な口づけでレイタを降参させ、男はキスを身体中に落としていく。

唇から尖《とが》った顎へ、顎の骨、首筋……――鎖骨まで下がってから、再び耳たぶまで戻った。耳を思うさま舐《な》めてから、また鎖骨までキス。

胸の突起は舌先を丸く動かし、気まぐれに吸うことでレイタを喘《あえ》がせた。

あばらを下から撫《な》でる掌《てのひら》が熱くて、肋骨《ろっこつ》の下の薄い腹筋が小刻みに震えた。

「あ…あぁ」

甘い溜息を吐きながら、レイタは本能に従った媚態《びたい》を繰り広げる――頭を仰《の》け反らせて首筋を張り、肩や腰を甘く捻《ひね》ってみせた。

「足、開けよ」

島崎が苛立《いらだ》ったような声を出すのに、薄目で睨《にら》んだ。

媚《こ》びを含んだ仕草で膝を立てる。

「……堪《たま》んねえな」

唸《うな》るように言った後、彼は躊躇《ためら》うことなく、ずり下がってレイタのそれを口に入れた。

（え、マジ？）

少なからず、驚いた。

男の口腔《こうこう》はねっとりと湿り、かつ熱く感じられた。

先端を肉厚な舌が舐《ねぶ》ってくるのに、レイタは息を飲む――括《くび》れを辿《たど》る舌先の刺激に、足の付け根が痛いほどに突っ張ってくる。

先端を吸われながら、幹を忙《せわ》しなく扱《しご》かれる。

もういくらも保《も》たない。

「い、いきそ…――ねえ、も…いっちゃうよ」

「いけよ」

くぐもった声で命じられた。

「あぁっ、あ、あーっ」

首の裏がぞわりと来て、下腹部がきゅっと絞られた。

島崎の口の中に放ってしまった罪悪感と羞恥心で快感を味わうどころではなく、レイタは両手で顔を覆ってしまった。

視界を塞いだせいで、聴覚と触覚が鋭くなったのは誤算だった。

島崎がまだ幹を強弱をつけて握りながら、先端を吸い出し、舐める感触と濡れた音を味わうことになってしまった。

萎《な》えて、一息吐《つ》くことは許されなかった。

そのまま次の段階へと進むことに。

足を胸まで折り曲げようとされたとき、レイタはまた懇願した。

「電気を消して」

「いやだね、全部見たい」

「こんなとこ、見たがらないで……」

首を横に振ったレイタに構わず、男は無慈悲に折り曲げて後ろの窄まりを晒《さら》した。

そっと優しく口をつけてくるのに、レイタは震えた——恥ずかしすぎたのか、情けなかったのか、はたまた嬉しかったのかは自分でもよく分からない。ただ怒ってはいなかった。

何度も舌先が差し込まれた。

窄まりが解かれ、快感の兆しのむず痒《がゆ》さに唇を噛《か》む。

「……ひくひくしてきたな」

低い声を股間に聞いた。

「み…見ないでっ」

「見ないわけないだろ。すごいぞ、こんなところもきれいに出来てるなんて」

褒め言葉に困惑だ。

きれいな場所だろうか、そこは。

「指を入れるよ」

ゆっくりと差し込まれたのに、息を吐く。

「……あ、ん…ん」

異物感はあるが、むず痒さは解消された。

根元まで入った指がちょうど届いた箇所には覚えがあった。そこだと口に出来ず、レイタは腰をくねらせた。

「ここがいいの？　ここか？」

気づいて、島崎はくいくいと関節を動かす。

「あっ、いや……ダメ、あぁあ…ん」

「ダメじゃないよな？」

「あ…あぁ、ダメ…ダメ」

首を横に振り、そこから湧いてくる快美感を緩めようとするも、そこは硬く反り返って縦長の臍《へそ》の位置にまで乗り上げた。

先端から蜜が溢れ、削《そ》いだような薄い腹に小さな池が出来る。

「自分でやってみな」

誘導され、自分でそれを握り締めた。

勝手の分かったものながら、人前で扱くのは抵抗がある。

しかし、その躊躇いは数秒だった。内部の刺激から生じた快感は強すぎて、そうでもしなければおかしくなりそうだった。

指が二本に増やされた。

身体はいよいよ開き、さらなる刺激を求め始めていた。内奥を擦り上げられるたびに、自分でもどうかと思うほどの甘い声が上がる。

「もっと…ねえ、もっと」

心の中だけでねだっていたつもりが、いつしか口から出ていた。

「入れてよ……指じゃなくて、あれで――」

「オレが欲しいの？」

素直にこくりと頷いた。

「……可愛すぎる」

「ね、きて」

「いくけど、痛い目に遭わせたら勘弁な？」

「大丈夫だよ、きっと」

痛かろうと、傷になろうと、今レイタは島崎が欲しくて堪らない。

これまでの経験において、レイタにとってのセックスは相手のもの――いつも受け身だった。相手が高ぶり、絶頂に達し、そこから降りてくるまでつき合うだけ。

酷《ひど》い目に合わせそうだと危ぶんでいる男を目で促す。淡泊だと思っていた自分が、こんなにも積極的になる日が来ようとは……。

島崎がレイタの腰を据え直した。

自分の足の間に彼のそそり勃《た》ったものを目にし、怖《お》じ気づきそうになったのは反射的なことだった。迷いはない。口にした覚悟を撤回するつもりもない。

(身体を繋げたら、もっと分かり合える……きっと後悔はしないはず)

この人が欲しくて堪らない。

自分が人を愛せることを実感したかった。

「さあ、来て」

島崎の目をカメラと見なし、レイタは小さく笑ってみせた。余裕ぶった生意気な笑みに映るならベスト。

島崎は頷き、掌に唾液を落とした。

豪快なタイプに見えて、意外と彼は慎重派だ。ことに及ぶとき、マイナスは最小限に抑えようと保険をかけてくる。

今一度レイタを濡らし、ついに自身をあてがった。

「いくよ」

ぐいっと突き入れてくる。

レイタは息を吐いて、竦んで強張《こわば》りかけた四肢から力を抜くのに努めた。

「あ……――」

充実した熱い肉の棒がゆっくりと進み、身体の中に埋まっていく……。

（ああ、入ってくる。入ってくる）

隙間がない、少しも。

その危うさに鼻や目の奥が熱くなった。

しかし、これがいい――自分の身体が島崎でいっぱいになる感じが。同時に、心の隙間にも彼は入ってきた。

肉体的には苦痛でないこともないのに、この至福感は何だろう。

（錯覚……？）

それでもいい。

この瞬間をずっと欲していた――たぶん、生まれたときから。

誰かに求められ、それに心身ともに応えられる自分が喜ばしかった。これまで生きてきた甲斐《かい》があったと思えた瞬間だった。

なる。

（本当はこうなんだ、セックスって）

刹那的な快楽しか知らなかったのに、こんなもんだと高を括《くく》っていた自分の幼さを笑いたくなる。

身体の奥に感じる脈動が愛おしかった。

今レイタは好意を抱いた人間を捉え、抱き締めている。

根元まで突き入れたところで、島崎はじっと留《とど》まっていた。レイタのタイミングをはかっていたのか、彼もまた感極まっていたのか。

鼻先に鼻先を擦りつけながら、ついに男はレイタの許可をとった。

「動いてもいい？」

頷くと、少しずつ動き始めた。

いっぱいに伸びきったそこが軋《きし》むが、快感でないこともない。

揺さぶられながら、レイタは自分の身体の貪欲さを知る——どんな小さな快感も逃さず、味わおうとしている。

男がもたらす刺激のいちいちに全身全霊で反応した。

張りのある先端がついにそこを擦り始めたときには、あまりの悦《よ》さにどうかなりそうだった。

その一点から放射状に快美感が放たれ、ふわふわ浮くような心地がするのに、股間が痛いほど突っ張った。

握り締めずにはいられなかった。

手にした途端、先端が緩んだ。尿道口から先走りが溢れ出し、幹を伝うそれで指がぬるぬるになった。

ぬめりを得た上で動かせば、すぐに達してしまいそうだ。

躊躇いに気づいた島崎が、レイタの手に手を重ねてきた。上下に振り動かすように誘導されるが、レイタは動かすまいとした。

「そんな、したら……また達《い》っちゃう」

「何度でも達けばいい。オレは両手をついてたいから、自分でやってくれ」

「自分でなんて、堪《こら》え性がないみたいで…恥ずかしいよ」

「堪んないって」

島崎が屈《かが》んでキスしてきた。

「…っ」

いきなり結合が深くなり、レイタは息を飲んだ。

「ほら、こうだ」

島崎はレイタの手ごと動かす。

くちゅくちゅという濡れた音が恥ずかしいが、そうされるのは怖いくらいに気持ち良かった。

島崎の腰づかいが速くなってきた。

いつの間にか辛《つら》さは消え、快感を追うことに没頭していた。いつ島崎に手を放されたのかにも気づかなかった。

（ああ、僕はもう……！）

それが手の中でどくんと脈動する。

「う、ううっ」

堪えるつもりはなかった。

ぷしゃっ、と二人の身体の間に温い飛沫が上がった。

しびれるような愉悦に溜息を吐きながら、レイタは男の顔を見上げた——目を瞑ったままで彼が笑う。

「少し早かったな」

「ごめんなさい、合わせる余裕がなくて……」

弛緩《しかん》するのを許すまいと、島崎はさらに腰を突き動かした。眉間に皺《しわ》を寄せた顔は、痛みを堪えるかのように切なげだ。

「次はもっと上手《うま》くやれるよ」

レイタが言うと、目を開けた。

ニヤッと笑う。

「エロい顔してる」

そんな指摘をされたが、今は島崎のほうが男として色っぽい。汗に濡れた高い額に濃い色の瞳、まっすぐな鼻筋が美しい。

彼は少し身体を起こし、レイタの腰を引きつけ直した。

「何度か我慢したら、タイミングが摑めなくなった。きみは終わりたいかもしれないけど、もうちょっとだけつき合ってくれ」

根元まで深く突き入れてから、ぎりぎりまで引く……それを何度か繰り返してから、レイタが感じて堪らないところを小刻みに行き来した。

「食いついてくるよ」

堪らないと島崎が呟くが、身悶《みもだ》えせずにいられないのはレイタのほうだ。たった今達したばかりなのに、もう焚《た》きつけられている。

充実した熱い肉で何度も何度も貫かれ、また視界が赤く染まっていく。

強すぎる快感にもう何も考えられない。

「──あ…あぁ、う…あぁぁ」

逞《たくま》しい二の腕にしがみついているしかない。

身も世もなく揺さぶられながら、島崎が呻《うめ》くのを聞いた。

「オ…オレも、もういくっ」

根元まで突き入れ、そこで刻むような小さな動きが数回。

ぎりぎりまで伸びきった部分で一際大きな脈動を感じた直後、身体の最も奥に勢いよく放たれた。

（あ、やっと今――）

肩で息をする島崎を見た。

上にセクシーとつけられる人間は何人も知っているが、こんなに間近でそれを眺められることは滅多にない。

まだ彼はレイタの中にいて、射精の余韻に浸っている。

目を閉じ、緩く口を開いて……。

不意に、ふうっと息を吐いた。

「……こんな満ち足りた感じは久しぶりだな」

亡くなった妻を思い出したんだろうかと思ったが、そうは尋ねないくらいの分別はある。

「僕は初めて」

「そうか、初めてか」

深い色の瞳がレイタを包み込む。

「ちゃんと好きだと思ってことに及んだのが初めてだから、僕は」

「それはいいいな」

しばらく二人は上下に重なったままでいた。

辺りは静かで、雨音がやけに響く。

「……会社、行きたくないなあ」

島崎が呟いた。

「何言ってんの、社長さん」

「そうだけど、ずっとこのままでいたいと思わないか？」

同意を求められ、レイタはこくりと頷いた。

（雨が降っている間、時間が止まっていたらいいのに……この人をもうしばらく僕だけのものにしていたいよ）

＊＊＊

夕方、管理人の代わりにマンションの清掃をしていると、朝から降り続いていた雨が止《や》んだ。

梅雨が終わろうとしている。天気予報によれば、明日から晴天が続くらしい。

（これから本格的に暑くなるんだろうな）

雲間から顔を出した太陽をレイタは眩《まぶ》しげに見上げた。

季節が移ろうとしている。

掃除用具を階段の下の収納場所に仕舞おうとして、ふとエントランス横にある花壇の色彩が目に入った。

雨粒を被《かぶ》ったままで、紫や白、青い花の紫陽花《あじさい》が咲いていた。

「あ、カタツムリ」

花壇を囲う煉瓦《れんが》の上を二センチもあるカタツムリが這っていく。

よく見れば、紫陽花の葉の上にも小さいのが何匹かいた。紫陽花の前方に植えられている半夏生《はんげしょう》の葉は、彼らに食べられてぎざぎざに形が崩れている。

捕まえて島崎家に持って行ったら、亮《りょう》たちが喜ぶだろう。

虫籠はないので、二リットルのペットボトルの上方を切って…などと考えていると、後ろに誰かが立ち止まる気配がした。

「今日も掃除してくれたんだね。いつもありがとうね」

大家の山本氏だった。

「お帰りなさい。病院へ行かれてたんですか？」

「うん、今日はケースワーカーと話してきたよ。うちのばあさん、近々リハビリの病院に移るんだけど、それが終わったらどうしたらいいかと思って……わたし一人で面倒見られるかなあ。本人は帰りたがっているんだよ」

「どのくらい動けるようになるんでしょう。手伝ってくれる人はいないんですか？」

「千葉《ちば》に住んでいる娘夫婦には迷惑をかけたくないんだよね。介護認定をして貰って、ヘルパーさんに来てもらうことにしたらいいって言われたよ。でも、ばあさんは他人の手を借りて生活するのはイヤだとか言うんだろうな」

はぁと溜息を吐いて、老人は杖《つえ》に縋《すが》ったままでそこに佇《たたず》んだ——そろそろ八十歳になろうという高齢では、入院している妻を見舞うのも大変そうだ。

夫人のほうは元小学校教諭だが、山本氏は都庁に勤めていたと聞いている。禿頭《はげあたま》にハンチングを被り、シャツにベストの着こなしがお洒落《しゃれ》な老紳士だ。

「ここ、カタツムリが沢山いるんですね」

「カタツムリ？　そうなんだよ、でかいのがいるだろ？　かなり前から、雨が降るとここにわらわらと出てくる。孫が小学生の頃は喜んでたっけ」

「何匹か捕まえて、島崎さんのところに持ってってあげようかと思ってたんです」

「そりゃいいね。双子《ふたご》の…腕白な男の子のほう、亮くんって言ったかな、あの子はきっと喜ぶよ。ニンジンを食べさせるといい。オレンジ色の糞《ふん》を出すからびっくりするだろうね」

「カタツムリって、食べ物によってウンチの色が変わるんでしたっけ」

「そうなんだよ、色を消化する能力がないらしいね。ニンジンを食べるとオレンジ、キュウリを食べると緑、トマトを食べると赤いのを出す。子供はみんな面白がる」

「子供ってウンチ好きですもんね」

レイタが言うと、大家はカラカラと笑った。

「ウンチって言うか、あんた……芸能人だったって島崎くんに聞いたよ？　そんなきれいな顔して、ウンチなんて言われた日には、こっちはどんな顔したらいいか分からないよ」

「ウンチはウンチですよ、誰が言おうともウンチです」

「そりゃそうだ」

　二人で笑い合う。

「そう言えば、島崎くんにもカタツムリにニンジンを食べさせてやれって言ったことがあったな。彼が大学生のときだ」

「僕が今いる部屋に住んでたんですよね」

「そう。まだ二十歳にもならないのに親御さんを亡くしてしまったから、アルバイトばっかりしていたよ。腹を空《す》かせていることも多くてね、カタツムリにニンジンを食べさせながら、自分も生のニンジンを齧《かじ》ってたっけ。ここのカタツムリは食べられるかな、なんて言ってたよ」

「エスカルゴに出来ないかって？」

「あれは特別な育て方をしているカタツムリらしいね。ここのは食べられないって言ったら、がっかりしてたな」

「へえ、今の島崎さんから想像つきませんけど」

「頑張ったからね、彼は」

　大家はまた溜息を吐いた。

さっきとは違うニュアンスを聞き取り、レイタは老人に目を向けた。

「どうしました?」

「いやぁ、部屋に戻ろうと思っているのに、なんだか足が動かなくて……帰っても一人だし、夕飯も準備しなければ食べられないわけだし。掃除も洗濯もしなきゃならなかったが、今朝はする気になれなくて……──」

「お手伝いしましょうか?」

「そんな…悪いよ」

「お家賃をただにして貰ってますし、そのくらいは。お部屋までご一緒しますよ」

「じゃ、まず一緒にお茶でも飲もうか」

老人はゆっくりと歩き出した。

一歩の幅が狭いので、半歩ほど下がって付いて行くレイタは何度かぶつかりそうになった。

レイタの側《そば》にこの年齢の人がいたことはない。

赤ん坊の頃に預けられていた母方の祖母とは、物心がつく頃には疎遠になっていた──離婚を繰り返したことで、母親は実家に勘当されてしまったのだ。

(……老人は動きがまるでかたつむりだ)

この速さで歩いているなら、病院が近いにしても往復にそれなりに時間がかかる。疲れもするだろう。

エレベーターで到着した五階は二室だけで、うちの一室が大家の住居だ。

「どうぞ、入って」

室内は散らかっていた。

子供がいる家の散らかりようはカラフルだが、年寄りの家の散らかりようはまた違う。色彩に乏しく、軽やかさがない。全てが沈み込んで見える。

老人はダイニングの椅子に腰を下ろした。

「ちょっと一息つくね」

前にあるテーブルの上も片付いていない。

汚れた食器にペットボトル、キッチンバサミ、コンビニの袋、伏せにしている読みかけの本、新聞、薬局の袋…など、ジャンルがバラバラな小物で埋まっていた。

「散らかってるでしょ。うるさく言う人がいないと、ついサボっちゃうから……」

その必要もないのに、言い訳がましく言うのが切ない。

「僕がお湯を沸かしますよ。座っててください」

「悪いね……でも、お勝手も片付いてないんだよ」

「気にしないでください」

ヤカンを火にかけ、湯が沸く間にシンクに溜まっていた食器類を洗った。

湯が沸くと、茶筒と急須を探して茶を淹れた。

テーブルのところへ運んで行く。

老人はテーブルの上を少しだけ片付けて、自分の前と隣りの椅子の前だけに茶碗《ちゃわん》を置くスペースを作っていた。

「これ、いいお茶ですよね。香りが違う」

「そうかい？　ばあさんが気に入って、定期的に取り寄せてるんだよ」

並んで茶を啜《すす》りながら、掃き出し窓に目を向けた。

駅前には高層住宅が建ち並ぶが、こちら側は比較的低層の民家ばかりだ。座った位置から見た窓ガラスの向こうは空が広がっていた。

だいぶ日が傾いて、雨上がりの青空が今は灰色がかった紫色だ。

「……ちょっと窓を開けますよ。空気の入れ換えをして、リフレッシュしましょう」

レイタは立って行き、ベランダに向かってがらりと開けた。

爽やかな風がさーっと部屋の中へ入ってきた。

そよぐレースのカーテンに、ふっといつかのＣＭ撮影時の風景を思い出した——掃き出し窓からベランダに出て、花嫁のベールを被った女性ダンサーと一緒に踊った。

結婚式の鐘が耳の奥に甦《よみがえ》る。

そのイメージのまま、レイタは優雅なターンをしてのけた。

「おお」

老人が拍手をくれたので、ついでに最高に芝居がかった仕草で礼をした。

「芸能人、さすがだねえ」

褒められた照れ臭さに外へ顔を向けたとき、視界の右の下方に島崎家の屋上を見つけた。

「あ、島崎さんちだ。ここから見えるんですね」

「そうなんだよ」

山本氏も立ってきた。

「島崎くんはずっとこの近くに住んでいるんだ。結婚したときも遠くに引っ越すこともなく、あそこに家を建てたんだよ。目と鼻の先だから、奥さんが亡くなったときも手を貸してあげることが出来た」

「麻里《まり》ちゃんがご夫妻にはお世話になったと言ってました」

「あの子は気が強いってばあさんが言っていたけど、そんなことはないね。花を手に何度かお見舞いに来てくれた。気が利く優しい子だ。美人だしね」

「島崎家の子供たちはみんないい子ですよ。僕は全員大好きなんです」

その島崎家ではそろそろ夕飯の時間だろう。

部活から帰ってきた麻里が料理をし、島崎が盛りつけを手伝っているはずだ。双子は宿題を済ませただろうか。一緒に勉強しているつもりで、宏哉《こうや》は塗り絵をしているかもしれない。

（今夜はかたつむりを持って行けないいな）

実を言うと、家にあまり顔を出さないでくれと島崎に言われていた。自分がレイタのところに会いに行くから、と。

島崎はレイタに子供たちの面倒を見させたがらない。そのためにつき合っているのではないのだからと彼は言うのだ。

『子供たちの人気をきみが掠ってしまうのが、オレ的にはちょっと面白くない。パパが一番だと言われたいからな。小さい男だと笑ってくれていい』

笑ってくれうんぬんは冗談としても、島崎は生活と恋愛は切り離したいという考えを譲らない。

とはいえ、この二週間の間にレイタは島崎家の留守番を一回した。

島崎にどうしても抜けられない接待が入ってしまい、麻里が塾に行っている三時間ほどを小さい三人と一緒にいてほしいと頼まれたのだ。

役に立てることが嬉しかった。

そして、三人が可愛くて、不憫《ふびん》で堪らなかった。

家の中はだいぶ散らかっていた。廊下には埃《ほこり》がふわふわと舞い、洗面所に洗濯物が山になっていたのが気になった。

麻里が家政婦を入れたがらないので、家事は家族全員でやることにしたはずだった。

島崎が週に二回夜に仕事を入れなくなっても、やはり手が回っていない。どうしてレイタが手伝ってはいけないのだろう。

（……別れるときのことを考えてるから？）

子育てや家事をレイタに頼ってしまうと、嫌いになっても別れられなくなる。

レイタのほうでも、島崎家の家事しかしていなかったら、いざというときに無一文で手に職もなく出て行くことになるだろう。

男同士に結婚はないから、壊れるときはきっとあっという間だ。

お互いに自立しているに越したことはない。

あらかじめ別れに備えておくのは大人の嗜《たしな》みなのかもしれない。しかし、離別を前提としたつき合いは愉快とは思えない。

レイタは首を横に素早く振り、嫌な考えを追い出した。いつでも一発オーケーを貰える笑みを浮かべる。

「さて、お片付けを始めましょう」

レイタの誘いに、老人はそんなことはしなくていいと拒む仕草をした——埃で死ぬわけではないから、と。

「それよりも、寿司でも取って、一緒にテレビでも見ようじゃないか。今夜は確か、漫才の大会があるんじゃなかったかな」

「漫才は大好きですけど……でも、ここはこれ以上放っておいたら、人を頼んでも短時間では片付かなくなりますよ。一時間だけ。一時間だけ掃除しましょ？」

嫌がる老人を説き伏せて、レイタは半ば強引に掃除と整理整頓を開始した。

必要なものと捨てるものを分け、必要なものは定位置を決めて仕舞い、捨てるものはゴミ袋の中に入れていく。

その一方で、病院から持ち帰った洗濯物やソファなどに放置されている衣類を集め、洗濯機を回した。普段は乾燥までのコースは使用していないそうだが、せっかく機能にあるのだからと使ってみることにする。

床に掃除機をかけ、どうにか部屋がきれいになったのは二時間後だった。

「お礼はもちろん特上だよ」

山本氏が近所の寿司屋に電話した。

寿司を待つ間、乾いた洗濯物を畳みながらテレビを見た。

出場したお笑いコンビの半分以上が分からず、芸能界が遠くなってしまったのを実感した。

自分は一般人になったんだとしみじみしたものの、一般の男性のような勤め人にはなれそうもないのが現状としてある。

島崎社長の有能な秘書の傍らで、レイタはすでに二週間以上を過ごした。

パソコン技術はだいぶ身につき、ブラインド・タッチも出来るようになったが、自分が今後どんな仕事をしていきたいのかはまだ見えてこない。営業が向いているという彼らの指摘もぴんと来ない。

そんな日々のうちで、レイタが上手くなったのはお茶汲みだった。来客に美味しいと驚かれ、銘柄を聞かれたこともあったくらいだ。

そう――ダンスと演技を除くと、レイタの能力は家事全般にある。会社員になるのが厳しいなら、いっそそれを生かすのはどうだろうか。

大家に聞いてみた。

「僕が家事を手伝う…って、家政婦さんでいいのかな、僕が家政婦になるとしたら、山本さんちで雇ってくれます？」

「雇うよ」

即答だった。

「介護もやってくれるようだともっといいなあ」

「介護は…すぐには無理ですよ。あれって専門性の高い仕事だと思うんで。でも、家事だけならやれるかも」

「ホントかい？」

「あ、ごめんなさい。ちょっと思いついて言っただけです」

本当に思いつきを口にしただけだったが、今まで何も見えなかった未来がほんの少しだけ明るくなった気がした。

「なんだ、言っただけかい。まぁね、きみみたいなイケメンさんが、家事や介護なんて地味な仕事をしてくれるわけないか」

落胆した老紳士に、レイタは慎ましく申し出た——土日だけなら家事を手伝いますよ、と。

「新聞を読むのも覚束《おぼつか》ない僕だけど、家事は得意なんですよ。料理もします」

「ホントに？」

「これはホントに」

男の家政婦というのはありだろうか。

（仕事にするにはどうしたらいいんだろう。どこかにスタッフとして登録？　いや、男が応募しても面接さえしてくれないかも。それなら、いっそ自分で？　僕が会社を興す…とか）

ありえないと否定しつつも、レイタの頭は回り出した。

（男の家政婦ってところが他社との差別化だろうけど、もっと目玉になることはないかな）

テレビ画面の中では、知らない若手コンビが渾身《こんしん》のギャグで勝負していた。右が真面目なスーツ姿で、左がほとんど裸という姿。こういうギャップが印象に残る。

「そうか、ギャップか！」

思いついて、レイタは拳を掌に打ちつけた。

＊

「安西さん、ちょっと話を聞いて貰ってもいいですか？」

師匠とも仰ぐようになった有能秘書が午前中の仕事に一区切りをつけ、自分のためにコーヒーを手にしたときにレイタは話しかけた。

「どうしました？」

「家事代行サービスってのをやったらどうかと考えているんです、僕」

メガネの奥の目が鋭い秘書は、レイタが一生懸命考えた仕事について頷きながらきいてくれた——つまり、そこそこのルックスの男子がスーツにエプロンをつけて、家事をしに行くというもの。

言葉遣いは出来るだけ執事っぽく、料金は一時間二千円からで、長期契約を希望する場合は無料で見積もりに出向く。

「ときどきダンスレッスンの代行を回してくれた先輩がいるんですけど、最近どうやら仕事を切られたらしく……しばらく彼女に食べさせて貰うようなことを言ってたんです。学歴ないから普通の仕事はなかなか見つからないけど、家事は出来る。女性よりもマメ。こういう人、わりと周りにいるんですよ。だから、仕事にあぶれたイケメン家事男子を集めた会社を起《た》ち上げてみたらどうかなって。売りはスーツで家事ってところです」

「いいじゃないですか、それ」

安西はブラボーと手を叩《たた》いて絶賛した。

そして、会社を作る方法や相談先、銀行などの融資先の探し方、スタッフの管理などについてもざっくり教えてくれた。

島崎が賛同すれば、ここ『CIMAビジネス・ソリューション』のバックアップを受けることも出来るかもしれない、とも。

「スーツで家事はいいですね。もはやエプロンなんかいりませんよ、今は洗濯機で洗えるスーツだってありますから。で、会社名は？」

「家事代行サービス『ミスター・スミス』というのは？」

安西はチッチッチと舌打ちした――いまいちだ、と。

「いっそもっとお高い感じにいきましょう。派遣ハウススチュワード『ミスター・スミス』。いや、スミスじゃないな、ローレンスがいいです。いい家の執事っぽくないですか？」

まずはホームページを作ってウェブに上げること、ツイッターやインスタなどで積極的に宣伝していくのが大切だと安西は説いた。

「顔写真なんか並べちゃうとホストクラブのページみたいになってしまいますが、ルックスの良さで売りたいですからね。河合《かわい》くんが料理をしている動画をアップするのも効果的か、と」

そこで、安西は首を傾げてレイタを見た。

「しかし勿体《もったい》ないなぁ」

「勿体ない？」

「動画を作るなんてことを考えると、やっぱり河合くんは一般人ではないと思うんですね。カメラを向けられたら、今でも大衆受けするスマイルが作れるでしょ？　それだけの場数を踏んできている。家事代行をやるくらいなら、いっそユーチューバーとしてダンス・パフォーマンスを披露するほうがいいと思ってしまうんですよ」

「もう需要はないですよ」

「いや、わたしは見たいですね。ダンス部に所属する全国津々浦々のＪＣおよびＪＫたちも、きっと」

そんな話をしていると、社内会議に出ていた島崎が戻ってきた。

「安西、レイタの何が見たいって？」

「内緒です」

安西が澄ました顔で言うと、島崎はむっつりした。

「二人だけで盛り上がるなよ。なぜオレを混ぜてくれない？」

「河合くんを独り占めしている人に分かる話ではないからですよ。わたしが思いますに、社長は河合くんを籠の鳥にしていますよ」

「籠の鳥とは？」

「適材適所ではないって話ですよ。あなたらしくないことに。河合くんはもうここにいるのに飽き飽きしています」

「そうなのか？」

強い瞳で問いかけられ、レイタはへどもどする――あながち嘘《うそ》ではないからだ。

「デスクワークに飽きたんなら、たまには外出してみるか？」

「午後のCM撮影ですね。面白そうなんで、今日はわたしも同行しようかと思ってたんですよ。河合くんも一緒に行きましょう」

とある地方の活性化のために企画開発した商品を、そこ出身のタレントがゆるキャラと一緒にアピールするCMだという。

地方の代表者が見学に来るというので、安西はその制作の場に顔を出すことになっていた。

「もともとは河合くんがいた分野ですから、きっと楽しめますよ」

「我々は基本的に見ているだけだが、きみにはプロフェッショナルな意見を期待したいな」

「まさか！」

レイタはとんでもないと意見を出すことは固辞したが、CMの制作現場に行くことは断らなかった。

「あくまでも『CIMAビジネス・ソリューション』の社員として、CM撮りの見学をさせていただきますよ」

事務の仕事を少しだけ翳り、家事代行サービスを思いついた今、自分がいた世界を外側から見ることは気持ちの区切りになるだろう。

新しい仕事を始める前に改めて自分の立ち位置を確認し、まだ少しくらいは残っているだろう芸能界への未練を断ち切ろうと思った。


その午後、社有車がレイタたちを下ろしたのは湾岸にあるスタジオだった。

倉庫だったのを改装した天井の高い建物の中は、大小取り混ぜたいくつかのスタジオが入っている。

過去にレイタはここで仕事をしたことがあった。何かのポスターの撮影だったと思う。いや、雑誌の表紙だったかもしれない。同時にインタビューを受けた気もする。

エントランスのホワイトボードには予定表が貼られていた。添えられていた建物内の見取り図で、向かうべきスタジオの位置を確認する。

すぐに把握した安西の案内で、二階の奥にある第三スタジオに到着した。

くだんのスタジオではすでに撮影セットが組まれ、その周りをカメラマンや照明などのスタッフがうろついていた。

レイタには珍しくもないよくある現場風景だったが、島崎や安西は珍しいらしく、きょろきょろと辺りを見回す。

「撮影セットってのは部分的なものなんだな」

「なんだかわくわくしますね」

島崎を見つけて近寄ってきたのは、町興しの中心人物だという商工会議所の所長だった。いかにも田舎の商店主といった人物だったが、島崎はにこやかに迎えた。

「これはこれは……所長さん、わざわざこんな遠くまでおいで下さるとは。いつからいらしてたんですか？」

「朝イチの新幹線できましたよ。ＣＭを作るところなんか、なかなか見られませんからな。制作の人たちにも土産をお持ちしたかったし」

「ありがとうございます」

自分に頭を下げる都会のイケメン社長に、所長は溜飲《りゅういん》を下げたに違いなかった――これだけで東京《とうきょう》まで来た甲斐《かい》があったと思ったはずだ。

「もしかして、立ちっぱなしでしたか。お疲れでしょう、すぐに椅子を持って来させますよ」

所長にパイプ椅子をあてがったところで、今度はコラボレーションしている大手アルコール飲料製造会社の広報担当がやってきた。

「撮影はどう？　順調に進んでますか？」

島崎の問いに、担当者は渋面を作った。

「そ…れがですね、実はぜんぜん進んでなくて…――」

「トラブルでも？」

「タレントさんがメイク室から出て来ないんですよ。背中に羽根を取りつけた王子の格好がどうしても嫌だってごねてましてね、今マネージャーさんと監督が説得しています。これ以上遅れると、このスタジオで撮るのは難しくなってしまうんですが……はあ、困りましたよ」

「今後のスケジュールがずれる可能性ありってことか」

安西が手にしているタブレットの画面を指で捲って、もしものときの対処を早くも検討し始めた島崎は仕事人である。

わざとイライラを見せるのも交渉だが、なんだかレイタのほうがドキドキしてきた。

「いやいや、善処しますから……なんとか夕方までに撮り終えるよう、監督には口を酸っぱくして言ってますんで」

「よろしく頼みますよ」

セットの裏から、黄色いぬいぐるみがよちよちとこちらへ歩いてきた――ご当地ゆるキャラの『レモねーさん』というらしい。

「おや、可愛い」

安西に褒められ、ぴこんとお辞儀した。

「レモンの妖精なんだって？」

レイタの声かけにもそうそうと頷くような仕草をする。

町興しの特産品が新種のレモンだというのは、行きの車の中で島崎に説明された。

シチリア産のレモンとマンダリン・オレンジを掛け合わせて作られ、普通のレモンよりも酸味がマイルドで、かつ甘味が強いのが特徴だそうだ。大きめで果汁たっぷり、皮が柔らかくて加工がしやすい。

これを大々的に売り出すために、四段階のコラボレートがプランニングされていた。

今回のレモンサワーを皮切りに、乳製品メーカーとのレモン・シャーベット、菓子メーカーとのレモン・キャンディ、最後は大手コンビニエンス・ストアが新商品のスイーツを開発販売する流れとなっている。

レモンを模したこの黄色いゆるキャラも、町興しのためにデザインされたものだという。出荷する箱には、漏れなく『レモねーさん』が描かれることになるらしい。箱の可愛らしさも話題になることが期待されている。

果たして、ぬいぐるみの中には誰が入っているかは分からないが、随所にスキップとターンを入れてくる独特の動きがユーモラスだ。動くたびに、ピーピーと笛のような音がいちいち鳴るのがまた可愛い。

商工会議所の所長にひとしきり愛嬌《あいきょう》を振りまいてから、再び『レモねーさん』がレイタの前までやってきた。

ぴこんとお辞儀をし、握手してくれとばかりに手を出してきた。特に拒む理由もないので手を握ると、そのまま撮影セットまで連れ出されてしまった。

　ゆるキャラの中から声がした。

『レイタ、ひさしぶりだね。オレだよ、秋人《あきと》だよ』

「え？」

　レイタがいた『ザ・コネクト』と同時期にデビューした男性アイドルである。レイタより三歳ほど年上だったが、歌番組に出るときには楽屋を訪ね合うくらいには仲が良かった。

『ザ・コネクト』が失墜した頃には、秋人もあまりテレビで見かけなくなっていた。

『オレ、事務所に切られて、このCM制作会社に拾って貰ったんだ。今日はぬいぐるみ着せられちゃったけど、いつもはカメラマンのアシスタントしてるよ。レイタはスーツ姿だね。会社員になったのか？』

「まだ見習いだよ。今日は社長のお伴」

　背景には映像が被せられるのだろう、ブルーバックの前にはベランダに置くような華奢《きゃしゃ》な白いテーブルセットが設《しつら》えられている。

　椅子の座面には安い造りの王冠が置いてあり、背凭《せもた》れには背負えるようになっている巨大な羽根が掛けられていた——某歌劇団のトップ役者が、エンディングのときに背負って現れるアレである。

（やりたくないってこれか）

滑稽に見えるか、かっこよく見えるかは紙一重だ。そんな危ない橋を渡りたくないとだだをこねる若いタレントがいても不思議はない。

(王冠も嫌だろうな。髪型を気にする子はどんな被り物でもNGだもんね)

ためつすがめつした後で、レイタはひょいと羽根を背負ってみた——思ったよりも重たくなかった。

「どうかな?」

『さすがレイタ、大袈裟《おおげさ》な羽根も似合っちゃう。ついでだから、これとこれもつけてみて』

テーブルの上に畳んであった布のようなものは襷《たすき》だった。襷には赤字で『焼酎プリンス』と書いてある。

スーツの上に羽根を背負い、王冠を頭に載せ、肩から襷を掛けたレイタは、焼酎プリンスになったつもりで『レモねーさん』に挨拶した——くるりと得意のターンをしてから、片方の足を前に出してのお辞儀を決める。

『ターンのくせは健在だね』

「そんなにクセあるかなあ?」

『それだけでレイタって感じ』

そこへCM監督が現れた。

「あれあれ、きみ…『ザ・コネクト』のレイタくん! うわ、久しぶりだねえ。事務所を辞めたって聞いて、がっかりしてたんだよ。また一緒に仕事がしたかったからさ」

言いながら、バンバンと肩を叩いてくる。

レイタはこの監督とは顔見知りだ。

彼は短編映画やミュージックビデオも作るが、アートな雰囲気にコミカル要素を加えたＣＭを作るのを得意とし、いくつもの賞を獲得してきたやり手である。

ただし、男女の区別なく執拗に口説いてくるのが勘弁なのだ。

「今どうしてるの？」

「島崎社長にお世話になっています」

関係を匂わせ気味に言ったのはわざとだった。

「もしかして、ＣＩＭＡグループの島崎さんか？　そりゃすごいね」

監督が投げた視線に島崎が応えた。

きつい目で見られ、監督は首を縮めるようにして一礼する。

「うひゃぁ、いい男だな。〝経済界一のイケメン〟の称号は当然だね」

「でしょう？」

レイタは自慢気に言った――もちろん、これもわざと。

「悔しいが、勝てる気はしねえなあ。でも、ここで会ったのも何かの縁だ。レイタくん、力を貸してくれない？　結構ピンチなんだよね」

「どういうことです？」

　羽根を背負うのだけは嫌だと言って、起用タレントが控え室に閉じ籠もってしまったことを監督は話してきた。

「マネージャーさんが絶対に説得するって言ってるんだけど、まだかかると思うんだよね。レイタくん、カメリハに立ってくんない？　夕方までに撮り終えないといろいろとまずい」

　着ぐるみの秋人も祈りのポーズで懇願してきた。

『レイタ、お願い』

「わかったよ、やるよ」

　了解したのは、旧知の二人に頼まれては断りきれなかったのと、島崎の会社の一員として協力すべきと思ったからだ。

「どうしたらいいか教えて」

　コンテを見せられ、およそ監督が撮りたいものを理解した。

　レモンと焼酎が出会って、恋に落ちる月夜の晩だ。ダンスシーンもある。

「……なるほど、マリアージュね」

「これってシリーズものなんだよね。コラボ商品が四つ。だから、最初が肝心なんだけど」

　いわゆるカメリハ——カメラ・リハーサルとは、本番とほぼ同じ条件で撮影し、カメラ割りや照明、セットの位置、美術…その他諸々《もろもろ》の確認を行うためのテストだ。

大抵はタレント本人が衣装をつけて行うが、多忙な場合は代役を使うこともあるにはあるので、流れとしては間違っていない。

有り難いことに、ダンスの振り付けは簡単で、台詞《せりふ》も長くなかった。

レイタがそれらを覚えた途端に、カメラ・リハーサルが始まった。

十年以上のキャリアはやはり伊達《だて》ではなく、レイタは複数の人間の前で演技をすることには慣れていた。監督の意図を頭に入れ、カメラの動きを察知しながら、要求されたことを要領よくやってのける。

一回目をスムーズに撮り終えると、関係者が集まって映像の確認がパソコンのモニターで行われた。

島崎と安西も観《み》に来た。

「……さすがですね」

安西が唸り、島崎が言う。

「もうこのままCMにしてもいいんじゃないか？」

素人意見ではあるが、その場にいたみんなが頷くくらいの出来の良い映像だった――メイクなしでもレイタのルックスは照明に映え、動作は華麗、レモンのゆるキャラも可愛い。

「カボチャパンツで無理に王子にしなくても、こういうダークスーツで良くないか？」

「いや、これは彼だからですよ」

「そうだね、ダークスーツでコミカル演技をきめられればいいけど、あちらさんは格好で誤魔化すしかないし……事務所のほうでも、カッコイイ路線じゃなくていいと言ってきたことだし」

あちこち修正を入れ、二回目の撮りが始まった。

島崎がかなり前方に来たので、レイタはその視線を感じずにはいられなかった。

（なんか…恥ずかしいな、まるで参観日みたい）

しかし、カメラを向けられると、どんな視線をも無視することが出来るのがレイタだった。

カーッとアドレナリンが身体の中に行き渡る。

一度演技に入り込むと、四角い画面に収まった自分が頭の中で展開される状態にまでなる。

ダンスのときは完全に俯瞰《ふかん》的に自分を見ていた。

撮り終えたときには、いつものようにやり切った後の爽快感に包まれていた――懐かしい感覚だった。

「いいね、やっぱり顔がいいよ。優勝だよ」

二回目の映像を見ながら監督が言う。

「演技もいいですよ」

スタッフも褒めた。

「このまま使いたいくらいだ」

「でも、今回はご当地タレントを使うのがコンセプトですからねえ」

あまり自分が褒められるのはまずいので、レイタはさっさと王冠を頭から外し、背中の羽根を下ろした。

立ち去ろうとしたのを監督に呼び止められた。

「ね、連絡先を教えてってよ」

「もう芸能界には、僕は……——」

「オレが養ってあげてもいいんだよ？　イケメンではないけど、オレは面白いことをいっぱい知っているから退屈はさせない。自信あるよ。元の事務所に戻る架け橋にもなってやれるし」

衆人環視の中でのアピールだった——もとより才能は認めているし、本人のセールスポイントも的外れではない。

「もちろん、あっちのほうも満足させるさ。レイタくんって不感症ってウワサあったけど、本当は違うんじゃない？　オレ、すっげえ興味あるんだよ。大概の変態プレイは経験あるよ。あのイケメン社長で満足してんの？　カメラがここにあったら…とか考えて、一生懸命セクシーを演じて、さっさと達って貰ってるんじゃない？　だとしたら、すごく勿体ないな」

失礼だと怒ることも出来たが、レイタは笑うだけに留めた。

「いろいろ考えて、こちらからご連絡しますよ」

「何を考える必要があるのさ？」

監督は食い下がった。

「久しぶりに照明浴びて、すごい気持ち良くなかったかい?」

ぎくりとして、思わず振り返ってしまった——完全に図星だった。

強い照明の下で、レイタは別な人間に変身することが出来る。母親の帰りを待つ無力な幼いレイタはそこにはいない。

あるときは歌って踊れるアイドル・タレント、またあるときは台本に描かれたようなチャラい美容師、インテリな大学生、魔法使いの弟子に女装男子……いろんな仮面をつけてのパフォーマンスで注目を浴びるのは快感だった。

レイタはレイタでなくなる自分が好きだった。

「きみみたいに十代前半からスポットライトを浴びてきた人間がさ、それなしで生きていけると思ってんの?」

「……たぶん」

やっとの思いでレイタは言った。

「とにかく、用があればこちらから連絡しますよ。撮影、頑張ってくださいね。……あ、タレントさん、やっと来たようですよ」

「あ、ホントだ!」

いそいそと監督はタレントを出迎えに行った。

最近よく見かける二十歳になるかならないかのイケメン俳優は、カボチャパンツを穿かされ、まだ納得しきれていない不穏な空気を纏《まと》ってスタジオに入ってきた。

レイタは小走りで島崎のもとへ。

「お疲れ様です」

安西が言って、缶コーヒーを手渡してくれた。

「カメリハっていうんですか。これを済ませると、この後の撮影がかなりスムーズになると聞きましたよ」

「顔見知りの監督だったのもあって、ちょっとだけ協力を……」

「口説かれてたろ、今」

むっつりと島崎が言ってきた。

全部聞こえていたとしたら、大した地獄耳である。

「あれくらい社交辞令ですよ、この業界じゃ」

「ぶん殴ってもいいようなことを言われてたな。きみがやらないなら、このオレが……――」

拳を握り締めて行こうとしたのを、慌てて安西とレイタで止めた。

「ちょ、ちょっとっ」

「ダメですよ、暴力反対！」

島崎はレイタに噛みつくように言った。

「やっぱり芸能界に戻りたいんじゃないのか、きみは。だから、あんなことを言われても怒らずに笑っていたんだろ?」

「いや、あの人の場合は適当にいなすのが一番めんどくさくないんですよ」

「めんどくさがらず、言い返すべきだった」

「言い返すかどうかは僕が決めます。なぜあなたが怒るの? そりゃあなたのこともちょっと言ってましたけど……」

「なぜって? むかつくからだ。むかつかないでいられるか」

安西が間に入り、つけつけと社長に言った。

「あなたが一番めんどくさいです、今」

ちっと激しく舌打ちし、島崎はトイレに行ってくると言って立ち去った。

「……嫉妬かよ」

そう呟いたのは安西だった。

その言い方がいつもの秘書っぷりとは別人級の蓮《はす》っ葉《ぱ》さで、レイタは目をくるりとさせた。

「失礼」

安西はすぐにいつもの彼に戻った。

「あれほど感情的になる社長を見るのは初めてでしてね……まあ、どこにでもいる男だったんだなぁとちょっと幻滅しかけました。可愛いと思うべきなんでしょうが、わたしは深く尊敬してましたもので」

「あれ、嫉妬ですか？」

「嫉妬でしょ。河合さんに対して、彼はわりと独占欲を剝《む》き出しにしていると思います。ま……ね、あなたが頼りない感じの美人さんだからでしょうが。飄々《ひょうひょう》としている人だと思ってたんですが、違いましたね」

「僕、芸能界に戻りたがっているように見えました？」

「いえ、そういう意味じゃないんですよ。照明の下にいたあなたが輝いて見えたので、社長は動揺したんでしょう。手の届かないところへ行ってしまうんじゃないか、とか思ったんじゃないでしょうかね」

「なにそれ」

レイタは肩を竦めた。

「別世界に行くわけでもないのに……」

「でもね、やっぱりあなたは一般人にはなれない人のようです。撮影を見学してそう思いました。家事代行サービスも面白そうですが、テレビの世界に戻ったほうがきっといい。わたしよりも社長のほうがそう思ったのかもしれませんよ」

レイタは会話を続けられずに黙ってしまった。

（モチベーションが上がらなくなって、辞めたはずなのに…な）

しかし、さっきのカメリハでは確かに上手くやれた。

グループが解散した後、レイタは脇役でドラマ一本の撮影に参加したが、あのときは今日みたいな集中力が出なかった。それで、辞めることにしたのだ。

ここらへんが自分の限界だと思った。

もちろん、事務所には引き止められた——本人の思いとは違い、レイタはまだまだ期待されていたのだ。

『まだピンでいるのに慣れないだけだよ。映画でいい役が来ているよ。それが終わる頃にはまたモチベーションも上がるだろうから、早まらないでほしい』

マネージャーにも言われた。

『なに言ってるの、ここがきみの居場所じゃないか。ここを去ったところで、何をしたらいいか分からないだろ?』

もともとは実家に仕送りをするために、グループの人気が続くようにと願い、デビュー以来レイタは与えられた仕事を次々とこなしてきた。

実際のところは、母親の再婚がうまくいって、実家に仕送りをする必要はなかったかもしれない。グループにしても、人気が延々続くわけはなく、まして永遠に存在出来るわけもない。

しかし、田舎に残してきた家族のため、家族とも思っていたグループのためというのがレイタの芸能界にいるモチベーションだった。

(僕は自分のために仕事をして来なかった。でも、さっきの撮影は……――いや、やっぱり自分のためじゃなかったか。今日は島崎さんのためにやったんだ。監督と秋人を昔から知っているからというよりは、そこが何よりも大きい。なのに、監督に口説かれたことで怒られちゃったんだから、ちょっと僕が可哀想だな)

撮影が開始された。

カメラが向けられると、膨れっ面だった若い男性タレントも一転して王子を演じ、レモンのゆるキャラと踊った。

「……ダンス上手くないんだ、この子」

思わずの呟きは、先輩タレントとしての感想だった。

「リズム感がないのかな。まぁ、これでもちょっと残念なイケメンってことでウケるかもね」

安西もさばさばと言った。

「さっき我々は素敵な映像を見てしまってますから、このタレントさんがそこそこの演技をしたところで心はもう動きませんね。スタッフがすっかり白けてしまっているのが、気の毒と言えば気の毒ですよ。とはいえ、プロフェッショナルに行動出来なかった彼の自業自得です」

「全くだ」

背後から声がした――やっと戻ってきた島崎だった。

「レイタはプロだったよ」

「社長、頭が冷えましたか」

安西に頷いてから、島崎はレイタのほうを向いた。

そして、言う。

「どんな世界でもプロはプロとして崇《あが》められるべきだ。レイタ、きみは芸能界に戻ったほうがいいな。カメラを向けられ、照明の下にいたときまではちゃんとは分からなかったが、映像として見たときにはもうはっきりした。レイタは違うって」

「違う？」

聞き返すレイタに注がれる眼差《まなざ》しは強く、まっすぐだった。

「きみは一般人にはなれない人だ。たぶん、オレが一方的に望む恋人にも向いていない」

「そ、それって……──」

別れの言葉を聞くことになりそうで、レイタは不安に瞳を揺らした。

（こんな好きになってから、勝手に結論出されても……）

酸欠状態になりかけた頭の中で、ドクンドクンと脈打つ音が響く。飲み込んだ生唾に苦みを覚え、今しも吐き気が込み上げようとしているのが分かった。

「だから、オレたちは──」

レイタが島崎の最後通牒《つうちょう》を聞かずに済んだのは、マナーモードにしていた島崎のスマートフォンに着信が入ったからだった。

液晶画面の表示を見て、とりあえず島崎は電源を切った。

「どちらからです？」

安西の問いに、双子が行っている学童保育からだと答えた。

「どうせ亮が酷い悪戯をしたという報告だろうが、体調不良の知らせだったら無視するのはまずい。折り返しの電話をかけに行くよ」

島崎がスタジオをせかせかと出て行く。急な対応を迫られることもあるかと、レイタと安西もそれに続いた。

エントランスで島崎は電話をかけた。

しばらくやりとりがあった後、彼はすぐに自宅方面に向かわねばならないと言った。

「お子さん、どうかしたんですか？」

「双子が行方不明だそうだ。やんちゃをしたのを指導員に一方的に叱られて、亮が佳奈を連れて学童を飛び出したらしい。学童の指導員だけでなく小学校の教師たちも探しているが、今のところ見つかっていないそうだ。警察に相談してもいいかという話だった」

「わお、やってくれるなあ」

最初の一声の後、すぐに安西は秘書としての言動を取り戻した。

「社有車に迎えを頼んだのは五時半ですので、まだ一時間以上ありますね。運転手は社に戻っているでしょう。ここはタクシーを呼んだほうが早い。呼んで参りますよ」

「よろしく頼む」

　タクシーを待つ間、島崎は落ち着きなく行きつ戻りつした。

　そして、ついには頭を抱えてエントランスの階段に座り込んだ。

「どこへ行ったんだ、二人は」

　ぶつぶつと言う。

「亮のやつ、女の子を叩くなんて……女子には優しくしろと教えたはずなのに、どうしたんだろう。やっぱり手が足りないってことか。欲求不満なのか？　男親だけで育てようってのが間違いなのか？」

「ねえ、島崎さん」

　慰めというわけでなく、レイタは亮という子を知る者としてきっぱりと言った。

「亮くんは理由もなく人を叩いたりしませんよ。それは絶対にありません」

「そうかなぁ」

「息子を信じないでどうするんです？　確かに、衝動的で危なっかしいところはあるけれど、基本的に亮くんは優しくて賢い。学童を飛び出したにしても、佳奈ちゃんを置き去りにしていないでしょ」

「佳奈を連れてるってことは、あまり遠くには行ってないか」

「そう、亮くんは佳奈ちゃんに自分のような強さがないのをちゃんと分かってますし、必ず守りますから」

タクシーがエントランスの前に到着すると、安西《あんざい》が助手席に、二人は後部座席に乗り込んだ。地下鉄の駅を見つけると、そこで安西は降りた。

「捜索となれば、自動車を使う可能性がありますよね。社長の自動車を取りに行ってきますよ。ご自宅に到着したら、一報を入れます」

「すまない」

念のために自宅に寄り、双子《ふたご》が帰宅していないのを確認した。

それから学童保育へと急いだ。

時刻は午後五時になろうとしていた。

この件のせいで子供たちは室内に集められ、二人の指導員の監督のもとでアニメの映画を観《み》せられていた。

それを横目にしつつ、案内された所長室に入った。

所長は五十がらみの女性指導員だった。

「申し訳ございません。目を離したつもりはなかったのですが、二人が出て行ったところを見逃してしまいました。まだ見つかっていません。学校とも相談し、警察に連絡したところです」

「そうですか。佳奈《かな》を連れていますから、そう遠くには行っていないと思うんですが……あの、何があったのかお聞かせいただいてもよろしいでしょうか」

所長は端的に答えた。

「亮《りょう》くんが女の子を殴ったのです」

「で、そのお嬢さんに怪我《けが》は?」

「幸い、それは大丈夫です。しかし、暴力は良くないので、一人の指導員が亮くんに謝るようにと指導しました。亮くんが拒否したので、反省を促すために部屋の隅で正座をさせたのです。それが、いつの間にか……──」

島崎《しまざき》とレイタは顔を見合わせた。

レイタは所長に質問した。

「亮くんは、なぜ謝るのを拒否したのだと思いますか?」

「失礼ですが、どちら様でしょうか」

「僕は島崎家のベビーシッターです」

女性所長はレイタを怪しむように見たが、レイタは構わず、さらに理由をちゃんと聞いたのかと問いを重ねた。

「いいえ、わたしたちは暴力を振るったことについて謝らせたかったので……でも、他の子が言うには、亮くんに殴られた女の子が少し前に佳奈ちゃんをしつこくからかっていたそうです。それで亮くんは怒ったんじゃないか、と」

「では、その女の子に話を聞きましょう。どの子ですか？」

「必要でしょうか？」

「必要ですよ」

レイタの有無を言わさない口調と無表情で押し黙っている島崎に気圧《けお》されてか、おそらく全てを亮の乱暴さと身勝手さのせいにしていただろう所長がしぶしぶ立ち上がった。

「被害者ですけどね、彼女は」

一人の女の子が連れて来られた。

レイタはその大柄な女の子に見覚えがあった。

「前、帰り道で佳奈ちゃんをからかってた子だね。あすかちゃん。きみ、佳奈ちゃんの給食袋を振り回して、なかなか返さなかったよね？　どうして？」

指摘され、女の子は顔を真っ赤にした。

「だって、あの子ってイライラするんだもん。髪の毛は大抵ぼさぼさだし、服も三枚しか持ってない。土曜日のお弁当だっていつもコンビニのやつ。家にママがいないってなんなの？　パパだけ？　パパなんて何の役にも立たないのに……！」

レイタは島崎の顔が見られなかった――虐めに気づきながら早めの対処をせず、女の子に服をわずかしか持たせない父親が今どんな顔をしているか、目を向けなくても分かる気がした。

しかし、この程度のことならば、佳奈は辛抱するだろう。

痛々しいが、世の中にはどうしようもないことがあるのを彼女はすでに知っているし、それに対する方法として、受け流したり諦めたりする必要さえ理解していた。

「あすかちゃん、今日も佳奈ちゃんをからかったんだって？」

「わたしは本当のことを言っただけよ。だって、うちのママやおばあちゃんは言うもの。ちゃんと世話をされていない子とは遊んじゃダメだってね。なのに、みんなが親切にするから、あの子ったら可愛《かわい》いぶって……ホント、むかつくったらありゃしない」

「ねえ、なんて佳奈ちゃんに言ったの？」

レイタは優しい声音で追及した。

「教えて？」

「あんたは親に愛されていない、可哀想《かわいそう》な子ねって言ってやったのよ」

口が達者な、思いやりを持たない虐めっ子は誇らしげに言った。

「だって、そうでしょ？　本当のことよ。なのに、あの子が泣き喚《わめ》いたから亮のやつが怒って、わたしに黙れってぶん殴ってきたの。酷《ひど》いでしょ。すっごい痛かったんだから」

レイタと島崎は顔を見合わせた――怒って亮がここを出て行ってしまったのは、無理もなかったのだ。

レイタは呟《つぶや》いた。

「……亮くんは悪くない」

それを否定する意味ではなく、島崎は顔を左右に振った。否定したかったのは自分の不明だろうか。

幼い娘に充分な配慮をしなかったこと、また幼い息子を信じていなかった自分を悔いる彼をレイタはただ見るだけだ。

慰めの言葉はまだ吐けない。

一転、所長は女の子に言って聞かせようとする。

「ねえ、あすかちゃん。口にしていいことと悪いことが……――」

「いいです、もう」

島崎は遮り、すっくと立ち上がった。

「このお嬢さんが怪我をしなくて本当によかった。我々も二人を探しに行こうと思います。なんらかの情報がはいりましたら、携帯のほうにご一報いただけますでしょうか」

学童保育の建物から出た。

どっちから探そうか、二手に分かれたほうがいいのかと話していると、またまた島崎のスマートフォンから人気アニメのオープニング曲が流れてきた。

発信元を液晶画面に見る。

「今度は保育園だ」

迎えは六時までで、まだ二十分ほど時間がある。

何かあったのかと訝《いぶか》しがりながら島崎は応じ、短いやりとりの途中でまたもや言った——今すぐそちらに向かいます、と。

「コウくんがどうかしたの？」

「……あの子も失踪したらしい」

「え？」

「他の子のお迎えのドサクサに紛れて、門外に出て行ったらしいんだ」

「ど…どうして？」

「それは分からないって」

まだ四歳の宏哉《こうや》は一年生の双子と違い、まだ全く一人歩きをしたことがない。何を目指して出て行ったのかは分からないが、無事に一人で帰って来られるだろうか。

「保育園には僕が行きます。お迎えに何度か行って、先生たちとも面識がありますから。島崎さんは亮くんたちのほうをお願いします」

「あ、ああ」

「きっと全員大丈夫ですよ」

気休めだと分かりながらも、レイタは弱っている男のために根拠のない大丈夫を言わずにはいられなかった――それほど島崎は気落ちして見えた。

「麻里《まり》にも連絡を……そろそろ、帰ってくる頃だ」

「麻里ちゃんには家にいてもらいましょう。そうだ、安西さんが自動車に乗ってきてくれるんですよね。麻里ちゃんが探しに出ないように一緒にいてもらったらどうですかね？」

「そうだな。麻里まで居なくなったら困るな」

すべきことを明らかにすることで、動揺を隠しきれないでいた島崎もいくらか落ち着いてきた。

「オレはあの子たちが行きそうな公園を巡ってみるよ。前にバッタを捕ってきたのは学校の裏だったな。まずはそこからだ」

「そうですね、それがいいと思います。じゃ、また後で。なにかあったら…なくても、携帯を鳴らしてください」

レイタは辺りに目を向けながら保育園を目指した。

曲がり角や民家の門、駐車してある自動車の後ろから、ひょっこり宏哉が出て来るんじゃないかと期待しつつ。

しかし、宏哉に会えないまま到着してしまった。

保育園は大騒ぎになっていた。

警察が捜索活動を開始し、保育士や手伝いを申し出た保護者たちが動き出そうとしていた。

門前に群れている人々の後ろにレイタを目聡《めざと》く見つけ、背の低い若い保育士がぴょんぴょん飛びながら声をかけてきた。

「あ、レイタさん！　コウくんのパパは？」

「それが、いろいろありまして……今手が離せない状況なんです」

「コウくん以上に大事なことなんかありませんよ！」

園長室に入ってから、学童保育から双子が姿を消した話をした。

「一体どうしちゃったんでしょう、島崎さんち」

島崎がシングル・ファーザーであることが問題として上がりそうだったので、レイタは慌てて言った。

「たまたまですよ、たまたま。大変なことって重なるじゃないですか。双子には理由がありましたが、コウくんはどうして出て行ってしまったんでしょうね？」

「それ、警察にも聞かれたんだけど、わたしたちも心当たりがなくて……」

「姿が見えなくなる直前に何をしていました？」

「お絵描きです」

「絵はいつも集中して描きますよね？　どうして急に立ち上がったのかな」

レイタと園長が首を捻《ひね》っていると、担任の保育士が宏哉の自由画帳を持ってきた。

昨日の日付のページは一面が緑に塗りたくられ、ところどころに黒い小さな三日月が描き込まれていた――たぶん、これはバッタだ。

今日の日付のページには、大きなテーブルが描いてあった。テーブルの上にある水色の丸が皿だとすれば、その中に描いてある色とりどりのものは料理だろう。

ヒントになりそうなことは見えるような、見えないような……。

「心当たりは全然ないですけど、ここでジッとしてもいられません。僕、探しに行ってきます。携帯電話の番号はこれです。どこからか連絡が入りましたら、ご一報下さい」

レイタは保育園を出た。

小さな宏哉と双子の姿を求め、夕方の道を歩き出す。

警察の指導のもと、有志による捜索活動が繰り広げられていた。都心の住宅地に、宏哉を呼ばわる声が響き渡った。

宏哉は自分が呼ばれている、探されていると分かるだろうか。分かっててもわざと出てこないなどというおふざけはしないで欲しい。

レイタは島崎家の留守番をした延べ十日間、宏哉を連れて歩いたところを思い出し、そこをなぞることから始めた。

宏哉は曲がるところを間違えたかもしれないと、反対側へも曲がってみたり……行きつ戻りつしながら一時間ほど歩いた。

どこからも見つかったという連絡は入らない。

さすがに焦りを感じた。

島崎からはちょいちょい電話があったが、そのたびに泣き言の相手をした。

『子供たちが見つからなかったらどうしたらいい？　亡くなった妻に申し訳が立たない』

『まさか電車に乗ったとかは？』

『宏哉は優しげな人について行ってしまわないだろうか』

これらには大丈夫と言い続けられたが、否定しきれない言葉もあった。

『こんなことが起きたのはオレに対する罰なのかな。オレがレイタにかまけて、子供たちをないがしろにしていたからか？』

島崎は三日と開けずにレイタの部屋を訪れていた。夜中に目を覚ました宏哉が、父親の添い寝を諦めた夜もあったかもしれない。

レイタは島崎に来るなとは言わなかった——言いたくなかったのだ、彼と一緒に過ごしたかったから。

『オレはレイタに見栄を張ったんだ。レイタが子供たちの面倒を見てくれたら助かる…と思っていたくせに、そんな利害関係があっては恋愛に純粋性がなくなってしまいそうで、わざわざ住まいを別にした。みんながレイタを好きなのに、オレは家族とも分け合いたくなかったんだ』

「島崎さん、僕も同罪です。だから、一人で責任を背負わないで」

『……オレのせいだ』

「原因はとりあえず今はいいじゃないですか。子供たちを探すのに集中しましょう。ね、必ず見つかるから…ね？」

『クソ、また町内を一周してしまった。小学校の校門は三度目だ』

「暗くなる前に見つけないと」

『そうだな、急ごう』

日が長くなってきたとはいえ、七時を過ぎればそれなりに薄暗くなってくる。

二度目に自分のマンションのエントランス前を通ろうとしたとき、階段下の掃除用具入れに懐中電灯があったのを思い出した。

（照らせるものがあれば、集合住宅のゴミ置き場の中や墓地の植え込みの中だって探せる）

そんな場所で見つかるとしたら、きっとその子は生きてはいない。もし生きていないにしても、早く早く見つけてやらなければ……！

ゾッとして、レイタは首を横に振った――そんな不吉なことを考えてはいけない。

ライティング・ビューローの写真立ての中で微笑《ほほえ》む女性を思い浮かべた。今すがりたいのは子供たちの母親、島崎の亡き妻だ。あのラベンダーのロウソクが欲しい。

（どうか子供たちをお守り下さい。島崎さんがまだ出来ないでいるようなら、僕が子供たちに仏壇に手を合わせるように教えます。お墓参りにも連れて行きます。僕に子供たちの面倒を見

させて下さい)

エントランスのステップを駆け上がる。

階段下へと行こうとして、ふと子供の声を聞いた気がした。

「え？」

一階の一番奥まった場所にある自分の部屋のほうへ目を向けると、薄暗い通路に三人の子供たちと大家の姿を見つけた。

エントランスからはまっすぐに見えない場所なので、さっきは素通りしてしまった。

隣家の壁が迫っていることもあって、子供たちには捜索している人たちの呼ばわる声は聞こえ難かったかもしれない。

青白い蛍光灯の下、彼らの肌は青白く、なんだか存在に現実味が感じられなかった。

(何をしてるの？)

子供たちはしゃがみ込み、山本《やまもと》氏はドアを背にして立っている。

目を凝らすと、子供たちが取り囲んでいるのは何枚かの紫陽花《あじさい》の葉で、葉の上に大きなカタツムリが何匹か載せられているのが見えた。

そして、オレンジ色の棒状のものもある——あれはたぶんニンジンだ。

山本氏が言うのが聞こえてきた。

「な、言った通りだろ？　ニンジンを食べさせると、カタツムリはオレンジ色の糞《ふん》をする」

「すっげえ！」

　亮が興奮した声を出している。

「食ったものでウンコの色が変わるんだ」

「大根を食べると白い糞、菜っ葉を食べると緑色の糞を出すんだよ」

　昔孫にした説明を思い出しているのか、大家は楽しそうにつき合っていた。

「それってカタツムリだけなの？」

　と、佳奈。

「どうだったかなあ。蝶々《ちょうちょう》になる芋虫なんかもそんなだったと思うよ」

「コウくんのは茶色だよ。ニンジンしか食べなかったら、オレンジ色になる？」

「疑問に思うならやってみたらいい」

「ニンジンだけなんて、お姉ちゃんに怒られちゃう」

　自分たちが姿を消したことでどんな騒ぎになっているかも知らず、彼らは好奇心のままにカタツムリの糞を観察していた。

「……平和かよ？」

　皮肉っぽいニュアンスを込めて呟いたつもりだったが、レイタの目にじわりと涙が浮かんできた——無事な姿をここで見られたのが嬉《うれ》しかった。

「みんな、ここで何やってんの？」

平静を装い、レイタは声をかけた。

「あ、レイちゃん！」

宏哉が立ち上がり、レイタに駆け寄ってきた。

「お帰んなさい。今日は遅かったんだね。僕たちここでずーっと待ってたんだよ」

「どうして？」

「わたしたち、レイちゃんを迎えに来たの。パパにはダメって言われたけど、家に来て貰《もら》いたかったから」

そうそうと亮が頷《うなず》き、宏哉が続けた。

「僕はね、レイちゃんにハシヤライス作って貰いたいの。好きなごちそうを描いてごらんって言われて絵を描いてたら、どうしても食べたくなっちゃったんだ」

「そうだったの」

相変わらずの言い間違いが可愛くて、レイタはその柔らかい髪を撫《な》でた。

「僕に会いに来てくれたんだね。嬉しいなあ。でもね、勝手に保育園や学童を抜け出したらダメなんだよ。先生たち、大騒ぎしている。みんなで探し回っていたんだから」

「え、そうなの？」

騒ぎを知らない子供たちはきょとんとした。

「明日みんなに謝らなきゃね」

「ごめんなさいって言えばいい？」

宏哉はそれでいいとしても、亮と佳奈はもう少し複雑だ。しかし、それについては父親である島崎に任せよう。

「大家さん、お相手をして下さってありがとうございました」

「そうか、騒ぎになってたか……なんか変だとは思ってたんだよ。小さい三人が子供だけでここにいたから。きみが帰ってくるまでうちにいたらいいって言ったんだがね、ここから離れようとしないんだ。だから、カタツムリをね」

「こうして一緒にいて下さったので、誘拐されずに済みましたよ」

「誘拐ってオレらが？」

不穏な単語に亮が反応した。

「誘拐なんてされるもんか、オレが戦うから。キックを脛《すね》にお見舞いする。誘拐犯なんて、こてんぱんにやっつけてやるぞ」

「さぁ、おうちに帰ろう」

レイタは言った。

「レイちゃんも一緒に帰る？」

「うん、一緒に行くよ。あ、パパに電話入れなきゃ。三人とも見つかったよって。今もきっと探し回っているから」

「怒られる？」

佳奈が心配そうに聞いてきた——良くないことをした、という自覚があるようだ。少なくても、この子は。

「そりゃちょっとはね。すごく心配していたんだよ。でも、みんなが無事に見つかって、きっと喜ぶと思うな」

三人が見つかったと電話で報告してから、レイタは子供たちを連れて島崎家へと向かった。

「大家さん、また」

「山本のおじいちゃん、またカタツムリを見せてね」

「おう、待ってるよ」


すっかり日が暮れた。

街灯が照らす夜道を歩いていく。

右手は宏哉と繋《つな》ぎ、左手は佳奈と。さらに佳奈の手を亮が握っていたが、長続きはしなかった。手を放して先を行く……それでも、遠くへ走り去るようなことはなかった。

宏哉がレイタを見上げてくる。

「レイちゃん、今日ハシヤライス作れる？」

「材料があればね」

「材料あるかな。さっきのタカツムリのニンジン、持ってくればよかったかな」

「コウくん、カタツムリだよ。カタ、ツムリ」

言い間違いを佳奈が正す。

「カタ、ツムリ。カタツムリか」

「そうそう」

「タカツムリ」

幼児の言い間違いが可愛くて、レイタは声を出して笑った。

宏哉も笑った。

「コウくんね、レイちゃんが笑っているのが好きなんだぁ。レイちゃんが作るゴハンも好きだよ。レイちゃんが大好き」

「わたしもよ」

佳奈が言うのを聞きつけて、亮が振り向いた。

「オレもレイちゃんが好きだ」

百万ものファンに囲まれていた過去は夢だったようにしか思えないが、こうして触れられる距離にいる島崎家の子供たちの好意は現実だった。

嬉しかった。

この子たちのためなら、何でもしてあげたいと思う。

「お腹空《す》いたね、麻里ちゃんが待ってるから急ごうか。今夜の夕飯のメニューは冷蔵庫次第だけど、近いうちにハヤシライスは作ろうね」


「お帰りなさい。ご無事で何より」

島崎家のリヴィングでレイタと子供たちを出迎えたのは安西だった。

麻里はダイニングテーブルに勉強用具を広げ、顔を上げようともしない。

「あと五分！」

安西が残り時間を告げる。

麻里は父親の秘書に高校入試の過去問をやらされていた。

すぐにでも小さい弟妹たちを探しに行こうとする麻里を引き止めるため、安西は昔取った杵《きね》柄《づか》を大いに使ったらしい。

つまり、顔を上げようとしないのではなくて、上げることも許されない状況なのだ。

「……レイちゃん、助けて。この人は鬼だよ」

テキストに向き合ったままで麻里は訴えてくるが、安西に全幅の信頼を寄せているレイタは彼を鬼とは思っていない。

共感してやれないので、その代わりに言った。

「美味《おい》しいゴハン作るから、もう少し頑張って」

「お腹空いたよぉ」

「情けない声を出さない。ほら、もう時間ないぞ！」

安西は解答用紙を指でトントン叩《たた》く。

「え、そこ間違ってる？」

「式は合っているが、計算が違ってるな」

そのやりとりを微笑ましく見てから、レイタは小さい三人に手を洗わせ、とりあえずテレビの前へ座らせた。

炊飯器を早炊きにセットし、冷蔵庫や棚にどんな食材があるかを見る。

「レイちゃん、何が作れそう？」

振り返って佳奈が聞いてきた。

「鶏肉《とりにく》があるね。カレーかトマト煮かって聞いたら、どっちを選ぶ？」

答えたのは安西だった。

「わたしはカレーが食べたいです」

「カレーいいね」

亮が賛同し、佳奈も頷いた。

「わたしもカレーがいい」

「じゃ、コウくんも！」

「作っている間に、亮くんたちはお風呂に入っちゃおっか。今お湯を入れてくるよ」

「バスタブは洗ってあるよ」

と、麻里。

「それは助かる。麻里ちゃんは有能だ」


四十分後——大人二人と子供四人でテーブルを囲んだ。

タマネギを茶色になるまで炒《いた》めて作ったバターチキンカレーは四歳児が難なく食べられるくらいにマイルドだったが、みんなが競ってお代わりするほどの出来だった。

島崎が帰ってきたのは夕飯も終わる頃だった。

あちこちに子供たちの無事を報告し、捜索に関わってくれた人に頭を下げ、学童保育の所長と今一度話をしてから、保育園のほうにも顔を出してきたのである。

明日は警察にも行かねばならない。

島崎は見るからに疲労を纏《まと》ってくたくたな様子だったが、子供たちの顔を見ると白い歯を露《あら》わにして笑った。

「……無事でよかったよ」

腕を広げられると、小さい三人は抱きつきにいった。

「パパ、お帰りなさい！」

「今夜はカレーだよ。お風呂もすぐに入れるようになってる」

「僕たちね、レイちゃんをお迎えに行ったんだよ」

父親は一人一人を抱き締め直し、頭を撫でた――実に心温まる光景だった。子供たちを捜索中はこのシーンを見られないのではないかと危ぶんだから、喜びもひとしおである。

「無事で本当によかったけど、黙って保育園や学童を飛び出してはダメだな」

短い諭しだったが、その厳しさに三人は項垂《うなだ》れた。

「うん、レイちゃんにも言われた。いろんな人が探してくれたんだってね」

「ごめんなさい」

「……パパ、怒ってる？」

小さい娘の潤んだ瞳から目を逸《そ》らし、父親は言った。

「叱らないわけにはいかないな。誰からだ？」

「オレから」

亮が進み出た。

「でも、殴るんならオレだけでよくね？　あすかをぶっ叩いたのはオレだし」

「お前のそういうところ、嫌いじゃないよ」

勇敢な亮は父親と向き合った。

（別に殴らなくても……）

レイタの鳩尾《みぞおち》がきゅっと冷たくなった。

幼い頃、義父になった者や母の恋人によく叩かれたのを思い出す。

とはいえ、これはレイタの記憶とは違い、理不尽な罰ではない。島崎には父としての愛があるし、亮には納得がある。ぜんぜん状況が違う。

子供たちは大勢に迷惑と心配をかけたのだ、そこはしっかりと分からせなければ……二度目があってはならないからだ。

理由は分かっているものの、それでもレイタは小さい子供が体罰を喰《く》らうところを見たくなかった。

島崎が手を振り上げるのを見た途端、レイタは目を瞑った。

しかし、一呼吸…二呼吸を経ても痛い音は聞こえてこなかった。

「……殴れないな。殴りたいのは、自分自身だ」

島崎が呟くのを聞き、恐る恐る目を開けた。

大きな手で息子の頭をくりくりと撫でる島崎を見た。

「無事でいてくれて、ありがとうな」

思いがけないセリフだったのだろう、亮は困惑した。

「ありがとうなんて変だよ。オレたち、みんなに迷惑をかけたんだろ？」

「それでも、パパは今ありがとうと言いたいんだ」

島崎は今一度息子を抱き寄せ、小さい娘にも手を伸ばした。

「佳奈ちゃんにはごめんも言わなきゃな」

「え、どうして？」

「パパが行き届かなくて、恥ずかしい思いをさせちゃってたな」

「そんなことないよ」

佳奈はかぶりを振った。

「恥ずかしいことなんてあるわけないよ。パパはいつでもカッコイイもの」

「そうか、カッコイイか」

目を潤ませつつ、島崎は笑った。

「パパ、黙って学童を抜け出してごめんなさい。もうしないからね」

佳奈が島崎の首に腕を回した。

「オレもしないよ」

と、亮。

「あと、女を叩いたりもしない」

「そうしてくれると安心だな」

父親と双子がしっかと抱き合ったのを、レイタは心が蕩けるような思いで見守った——ここで彼らはまた絆を深めるだろう。

（めでたしめでたし…か）

いつもならば自分も…と割り込んでいく宏哉がそうしてこないのに気づき、島崎は末息子にも声をかけた。

「コウくんもおいで」

「う…うん」

返事もそこそこに、宏哉は大あくびをした。

小さな彼は立ったままで今にも眠ってしまいそうだった。しきりに目を擦っている。

（コウくん、もうおねむか……そうだよね、とっくに九時半を過ぎてるもの）

父親と少し年上の兄姉の会話の意味を解さず、自分も当事者の一人でありながら通常運転の四歳児が愛しい。

父親をそのまま小さくしたような容姿であることも、レイタがこの子を可愛く思う気持ちに拍車をかける。

可愛くて可愛くて、レイタの涙腺は緩みかけた。

そう――島崎家との始まりは宏哉だった。

「コウくん、眠い？」

「眠くないよ」

いやいやと首を横に振る。

それがもっと見たくて、レイタはまた聞いた。

「眠いの？」

「ううん」

笑って、島崎が上着を脱ぐ。

「もうとっくに寝る時間だったな。寝かせてこよう」

「でも、ゴハンまだでしょ？　僕が行きます」

「いや、今夜はオレが。メシは後でいいよ。さ、子供部屋に行くぞ。亮も佳奈もだ」

島崎が小さい三人を寝かしつけてリヴィングに戻って来ると、レイタは夕飯のカレーを温め直した。

ダイニングテーブルでは引き続き麻里が安西に勉強をさせられていたので、島崎はソファで食事をすることに。

「美味《うま》いな。やっぱりレイタは料理が上手だ」

「急いで作ったし、ほぼ鶏とタマネギだけのカレーですよ。炒めるのはマーガリンにしたけど、仕上げに高い発酵バターをぽっちりだけ使った」

「ぽっちりだけか。それで充分に美味いんだから、すごいよな」

安西が冷蔵庫からビールを出してきて、島崎に手渡した。

ビールをぐっと飲んで、島崎は深々と溜息《ためいき》を吐《つ》く。

「ありがたい。全てがありがたいよ」

そして、レイタのほうを向いた。

「きみは最高だ、オレには勿体《もったい》ない人だ。寄り添ってくれて、どんなにありがたかったか」

「いつもの社長らしくない素直さですね」

その安西のセリフを受けてか、ここで島崎は宣言した。

「オレは変わろうと思う。今度は中途半端じゃなく、ちゃんと変わるよ。もう後悔はしたくないんだ。レイタや子供たち、社員たち、そしてオレ自身……みんなが幸せになれるように考えなければ」

「どうするつもりです？」

安西の問いに島崎は短く答えた――まずは育休かな、と。

＊＊＊

翌日、子供たちは何事もなかったかのようにそれぞれ学校と保育園に行ったが、島崎は昨夕の件で警察署に出かけねばならなかった。

島崎家に泊まったレイタはそのまま留《とど》まり、朝食の後片付けをした後もせっせと家事に勤《いそ》しんだ。衣類だけでなくシーツやタオルケットなどの大物も洗濯し、なんとなくざらついていた家中の床をスチーム掃除機できれいにした。

気になっているところは他にもあるが、自己満足のために洗面所の蛇口をぴかぴかに磨いた。続いて鏡も。

ふと手が止まった。

そこに映った自分に母親の面影を見た気がした。

幼い頃は母親似だとよく言われたが、レイタ自身はそれほど似ていると思ったことはない。目鼻立ちがくっきりした母は南国系の美人で、レイタの顔は彼女のそれよりもかなり薄めた感じだったからだ。

ぐっと近づいたのは、二十代半ばを過ぎて二重瞼《まぶた》の幅がやや広くなったせいと、口角を上げて笑う癖ゆえの唇の形のせいかもしれない。がりがりに痩せていた十代の頃は奥二重ぎみで、もっと唇は薄かった。

（……ずっと連絡してないな）

事務所を辞めた後、スマートフォンの通信キャリアを変えた。その際に番号も変わったが、新しい電話番号やメッセージのアドレスを知らせた相手はごく少数だ。

母親に伝えなかったのは、送金出来なくなった自分には用はないだろうと思ったからだ。

レイタの耳たぶでダイヤが光る――亡くなったレイタの父親が、母に贈った婚約指輪だと思われるそれだ。レイタが実家を出るときにピアスとして渡された。

それが母の愛だと分かったのは島崎のお陰だった。

島崎家に関わることによって、レイタは家族について考える機会を持った。

多忙な親の心に巣食う罪悪感、第一子が背負いがちな責任、小さい子供たちの無邪気な振舞いにも見え隠れする諦めと寂しさ……簡単に解決出来ないことはあるものの、彼らは家族として身を寄せ合っていた。

自分の幼少期と重ねつつも、血の繋がりがない子供たちを愛する父親としての島崎の有りようはレイタの救いとなった。

母は自分のためだけにパートナーを求めていたのではなく、子供たちの父親になってくれる人を探していたのかもしれない。それは彼女の言い訳でも、ありもしない夢物語でもなくて、大人の一人の男として近くにいる子供を守ろうとする人間は現実に存在した。

(あれから二年か……元気でいるってだけ、伝えておくか)

急な思いつきだったが、辛うじてアドレスに残していた母親の番号に電話をかけた。

「もしもし、僕だけど……――」

たったそれだけで、レイタの母は息子が分かった。

『レイ！』

元気なのか、今どこに住んでいるのか、どんな仕事をしているのか、食べるに困っていないか、辛《つら》い目に遭っていないか……矢継ぎ早に聞いてくる。

『芸能の仕事を辞めたのなら、帰って来たらいいじゃないの』

「そっちは元気？」

『お陰さんで、みんな元気だよ』

弟や妹たちはレイタの送金によって進学し、就職したという。今一緒にいるのは下の二人だけだと母は言った——あんたには感謝しきれない、と。

「小笠原《おがさわら》さんとは上手《うま》くいってるの？」

『あの人ね、父親にはなりきれなかったけど、今では家族の一員よ。あんたの弟や妹たちにとっては親戚みたいなものね。あんたのことも気にしてたよ』

名前を挙げて尋ねると、母親は弟妹たちの近況を伝えてくれた。

『それはそうと、あんた自身はどうなの？　困ったことがあるなら、言ってきなさいよ。今度はわたしが助けるから。必ず、助けるよ』

「僕は大丈夫。好きな人が出来てね、その家族とも仲良くしてる」

『そうなのね』

そして、遠慮がちに母は聞いてきた——もうテレビには出ないのか、と。

「出てほしい？」

『そりゃテレビにあんたが映れば嬉しいよ。元気なのが分かるじゃない。笑顔だったらなお嬉しいし。だけど、楽な仕事じゃないんでしょ。競争社会だもの。辛いことが多いんなら、やめていいんだよ。三十前の男なんて、まだ別の仕事を選べるんだから』

「でも、僕はカメラの前に立つのが好きなんだ」

『まぁそうよね……あんたは赤ん坊の頃から、カメラを向けられると〝いいお顔〟をする子だったもの。すごく可愛かった』

「〝いいお顔〟はママが教えたんだよ」

元気でね、と言い合って電話を切った。

自分でも不思議なくらいに満たされ、温かい気持ちになれた。

母親への愛憎入り交じった感情は一生収まらないだろうと思っていたが、自分が大人になったせいだろうか、愛情だけを取り出して考えることが出来た。

（あの人は僕を振り回し、犠牲を強いたけど、愛してくれてもいたんだよな。僕の父親が死んだとき、彼女は二十歳をちょっと過ぎたくらい。今の僕よりもずっと若かった）

母は母なりに一生懸命にレイタを育ててくれたのだ。

自分に経済力がないのを自覚し、そこを埋めてくれる男との再婚を目指した。なかなか上手くいかなかったが、母は精一杯の努力をした。男を繋ぎ止める目的を果たせなかったにしても、産んだ子供たちは全員ちゃんと育てようとした。だからレイタは協力せざるを得なかった。

大抵の子供のように、実家にいた頃のレイタは母親が大好きだった。

風邪を引いたときにはアイスクリームを買ってきてくれたし、月謝や衣装代もかかるダンスを習わせてくれた。

母よりも若くてきれいなクラスメートの母親はおらず、参観日には自慢で仕方なかった。

（そうだよ、僕は一人で育ったわけじゃないんだ）

芸能界に入ることが決まったとき、家から追い出されるような気持ちになったが、あのときに母はレイタを解放したつもりだったのだろう。

電話して良かったと思った。

母を好きだった自分を取り戻すことが出来た。彼女の人生を肯定することが出来る自分を見つけられた。

耳の奥に残った母親の声に浸っていると、島崎が警察署から帰ってきた。

「ただいま。米搗《つ》きバッタを演じてきたよ」

「お疲れさまでした」

レイタは島崎に昆布茶を出してやった。

ソファに四肢を投げ出し、島崎は一部始終を話した。

「子供たちが無事だったから、全てを丸く収められた感じだ。自分が危うい橋を渡ってたことが分かったよ。やっぱり、オレは変わらないといけない」

　警察署には保育園の園長と学童保育の所長も来て、シングル・ファーザーである島崎がどれだけ一生懸命に子育てしてきたかを話してくれたという。

　そのお陰で、同席した児童相談所の職員が引いた。

「ネグレクトと見なされたら、子供たちは児相に連れて行かれたんだろうな」

　子供たちが居なくなったとき、率先して捜索してくれた保護者たちにも感謝しなければならない。

「何かお礼をしなければな。これからもお世話になることもあるだろうし……いや、これまでも気づかないところでうちの子らはお世話になっていたんだろう。この気づかないところで……って点が、オレの不明だったよ」

「デパートでちょっとしたお菓子を選びましょう。……あ、そうだ。それに『レモねーさん』のグッズを添えたらどうでしょうね？　コウくんパパを知って貰うきっかけになるかも」

「そうだな。今回のことで、オレも子供の友達の両親がどんな人で、どんな仕事をしているのか知りたくなったから。近所にどんな人が住んでいるかも分かってないとな」

　しょっぱい昆布茶を啜《すす》り、島崎が溜息を吐いた。

「一人で子育てしているつもりだったが、違ったな。保育園も学童も、たぶん小中学校もありきなんだ。学童の所長に亮を一方的に叱ったことを謝られたが、それだって預かった子供たちを導かねばならないからだよ。手を貸してくれる人、くれていた人はオレが考えている以上に存在する。孤独に浸っていると、それが見えなくなってしまうんだな」

「あなたは良くやっていたと思いますよ？」

「でも、あまりにも独りよがりだった。見えてなかったことが多すぎるよ。佳奈には可哀想なことをした。女の子なんだから、服や髪型、持ち物にはもっと気を遣ってやるべきだった。亮と宏哉とも接する時間を増やさないといけない。どういう能力があるのかを把握出来なければ、伸ばしてやることも出来ないからな。麻里には負担をかけすぎていた。まだ中学生だってのに、子育てのパートナーにしてしまっていた」

　島崎は猛省する。

「父親は子供に必要な金を用意するのが第一だと思っていたが、母親がいない我が家では優先順位をどこかで変えるべきだったんだ。子育ては金よりも時間だ。教育を受けるために金は必要だけど、生きていく力の土台を作るのは家族と過ごした時間だと思う。ただ腹を満たしてやればいいってもんじゃない。それに気づかせてくれたのはきみだったね？　せっかく気づいたってのに、オレはそれにともなった行動をしていなかったよ。子供とじっくり向き合う時間を持たずにきたから、姿を消した子供たちが行く場所の見当もつかなかった。昨夜は本当に途方に暮れたよ」

「すごく狼狽《うろた》えてましたよね」

「らしくなかったか?」

みっともないところを見せてしまったと島崎は両手で顔を覆った。

ややあって、指の隙間から目を覗かせた。

「……考えてみれば、四歳の末っ子が成人するまであと十六年だ。中学生になれば男子は食卓でもあまり話さなくなるから、一家団欒《だんらん》を気取れるのもあと十年ないかもしれない。残されている時間の少なさに震えるよ」

弱った男の様子に乗じるつもりではなかったが、レイタはここぞとばかりに切り出した。

「僕、ここで暮らします」

今度こそはきっぱり言った——欲しいもの、したいことがあるなら、自分から手を伸ばして引き寄せるべきだ。

最終的には相手の意向も汲《く》まねばならないにせよ、こうしたいと言わなければ始まらないこともある。

「みんなが大きくなるのを見守ります。この家で僕は必要とされてますよね? 三人が僕を連れに来てくれたの、嬉しかったなぁ」

「それはダメだよ」

しかし、島崎はすぐに同意はしなかった。

「きみを我が家に縛りつけるわけにはいかない。きみの大切な時間を家事労働に費やしていいわけがない。だって、きみは…違うだろ？」

島崎は顔から手を取り払い、まっすぐにレイタを見つめた。

「違うって…何が？」

痛いほどの視線から逃れたかったが、それは許されなかった。

「戻るべきだ、芸能界に」

島崎が言い放つ。

「きみの天職だろ？」

「……うん、そうだと思う」

湾岸のスタジオで、昨日は久しぶりにカメラの前に立った。

ライトを当てられ、見られる側に立つ高揚感は他で得られるものではない。自分の瞬《まばた》きがバサバサと聞こえるくらいに、五感が研ぎ澄まされるあの感じにしても……。

「僕は仕事として芸能関係を選びます。出張家事サービスをやろうと考えて安西さんにもアドバイスを貰ったけど、僕が一番自分を生かせる仕事はそれじゃない」

「そうだな」

「でも、島崎家にもいたいんですよ」

「欲張りなことを……」

島崎は話にならないと鼻で笑ったが、今度まっすぐ見つめるのはレイタの番だ。

「芸能人か、ここで主婦をやるかって二択ではないでしょ？　あくまでも仕事は芸能で、ここでは一緒に暮らす者として家事労働をするんです」

「家賃分ってことか？」

「そういう意味じゃなくて、僕は……――」

単なる同居人ではなく、もっと親しい間柄として島崎家にいたい。

さすがに自分の口から家族になりたいとは言えずに、レイタは仕事のモチベーションについて島崎に語った。

デビューしてから最初の何年かは田舎の家族に送金するため、その後はグループを存続させるために仕事に邁進《まいしん》してきた。それらのためだと思えばいくらでも頑張れたので、自分のために仕事をしている実感はずっとなかった。

家族同然だと思っていたグループが解散したとき、誤魔化しようもなく今後は自分のためだけに仕事をすることになった。レイタはその意味が飲み込めなかった。

ファンのために…と思えれば良かったのだが、悲しいかな、当時のレイタには自分個人にファンがついているという認識はなかった。

「前にも話したように、僕はちょっと複雑な家庭で育ちました。だから、心の土台があまり良くないのかも。無関心か依存するかの両極端になりがちです。揺るぎないものなんてないと思いながらも、それを求めてしまって……」

「分からなくはないよ。友情はまだしも、恋愛の儚《はかな》さに耐えられなくなったとき、恋人たちは婚姻関係にステップアップ……——ああ、そうか」

島崎は察してくれた。

しかし、彼が口にした言葉はレイタの想定からは外れていた。

「オレと結婚するかい？」

「え？」

結婚という有り得ない単語にたじろぐ。

「この国では公には認められないから、事実婚になってしまうけど……大人二人で子供四人を育てながら、いや育てた後もずっと一緒に暮らしていくんだよ。ここがきみの拠点になる。揺るぎないものがあるってことをオレがきみに証明してみせよう」

「僕でいいの？」

「もちろんレイタがいいんだ。オレでいいのかって聞かなければならないのは、むしろオレのほうだな。今までどうして自分が選ぶ側だと思っていられたんだろう。客観的に、条件が悪すぎる。なんたって同性だし、妻と死別した四人の子がいるシングル・ファーザー、おまけにケチときている」

「自分で言います？」

「言う言う」

「僕は島崎さんが好きですよ。もちろん、子供たちのことも」

二人と子供四人で幸せになりたい。

家族になりたい。

「ここから仕事に出て、終わったらここに帰宅したらいい。自分のために仕事をするのに、後ろめたさを感じる必要はないんだよ」

そう島崎に言われて、あの違和感は後ろめたさだったのだと気がついた。

他のメンバーに仕事はなくても、自分にはそれなりに仕事がきていた。嫉妬されていると感じたこともある。

家族に送金するため、グループ存続のためだと思わなければ、レイタは撮影場所で笑うことが出来なかった。そうでなくても、台本に従っていろいろな役を演じていると、素に戻ったときの自分の喜怒哀楽に嘘《うそ》っぽさを覚えてしまうくらいには繊細なのだ。

自分の頑張りが実を結ぶことなくグループの解散が決まったとき、レイタは無力感に襲われた——自分のしてきたことに意味はなかったのだ、と。

「オレは四人の父親だけど、きみのことも精一杯応援したいと思っている。きみが仕事に集中したいなら、オレが主婦になってもいいくらいだ」

「家事は手が空いた人がすればいいんですよ、子供たちにも大いに手伝ってもらいましょうよ。島崎さんは今よりもちょっと時短を心懸ければいいだけ。ブランクがあるから、すぐに僕が忙しくなることはないと思いますし」

「オレの愛情を信じてくれるのかい？」

レイタはこくりと頷いたが、島崎はそれで満足しなかった。

おもむろに立ち上がり、行きつ戻りつしながらぶつぶつと言う。

「お揃《そろ》いの時計や指輪を買うのは当然としても、教会で誓ったほうがいいのか、杯でも交わしてみるか。もっとこう…揺るぎなさを示すにはどうしたらいいんだろうな」

「大丈夫、信じられますって」

レイタが声をかけると、くるりと彼は振り向いた。

「合法的に家族になるかい？　オレの養子になるってことだけど、どうだろう？」

その提案は、島崎の口から不思議なくらいにすんなりと出た——血の繋がらない三人の子供とそうした手続きを経て、家族となった経験のせいだろう。

レイタは生唾を飲んだ。

返事はすぐでなくてもいいと言われたが、考える必要はなかった。

「そうしたい…です」

「ホントに？」

深く頷く。

「よし、養子縁組をしよう」

「でも、立場的にはパートナーで。こんな大きい息子はイヤでしょ?」

「そりゃそうだ。さぁ、おいで!」

島崎は腕を広げた。

レイタは子供のように彼の胸に飛び込み、逞《たくま》しい両腕に抱き締められた——身体の弾力、体温、匂い……全てが好ましいばかりだ。

(こんな無条件の幸せはない)

頬が緩んで仕方がない。

島崎がレイタの耳たぶを弄《いじ》るのを感じ、少し顔を上げた。

「耳が好き?」

「好きなのは耳だけじゃないよ」

「うん、知ってる」

目と目で誘い合うようにしてキスをした。

島崎の口づけにはもう馴《な》れたが、嬉しいと思う気持ちは毎回新たに込み上げてくる。自分の胸の鼓動が速くなってきたのを感じながら、差し込まれた舌をそっと吸う。

今度吸われるのは自分のほうだ。

「……あ」

うなじにぞわっとくるものを感じ、島崎のシャツをぎゅっと摑《つか》んだ。

身体が傾いて平衡感覚を失ったと思ったら、島崎が身体の上に乗り上げていた——気がつけばソファに横たえられ、いよいよ深い口づけに移行した。

飽きることなく唇を合わせながら、手でお互いの身体をまさぐり始めた。

レイタが島崎のシャツのボタンに指をかけたとき、胸ポケットに入っていたスマホのアラームがピピッピピッ…と鳴り出した。

「もう昼か」

レイタに跨《また》がったままで、島崎が忌々しげに言った。

「抱き合った後は感じのいい店でランチして…と思ったのに、午後イチに来客があるんだったよ。一時にはオフィスに着いていなきゃならない」

続きは今夜と言い合って、二人はそそくさと身体を離した。

しかし、名残惜しい。

「あ、昨夜のカレーを食べます？　すぐに準備しますけど」

二日目のカレーは美味だった。

「作り方、教えてよ。オレも料理を覚えるから」

「ただ二日目ってだけですよ」

「何か隠し味とか入れてるんじゃないの？」

島崎に問われ、レイタは目をくるりとさせた。

「そう言えば、入れたかも」

「なんだい？」

「あ、がつくものかな」

「あ？」

レイタは教えなかったが、たぶん島崎には分かっただろう――秘密の隠し味は『愛』である。

「なんだ、それか。それなら、オレも上手く作れるかもしれないぞ。たっぷり、こってり入れるからな」

＊

小中学校が夏休みに入った。

麻里は夏季講習、双子は学童保育にレイタが作った弁当持参で通い、宏哉は通年変わらず保育園に通う日々。

洗濯を済ませた後、レイタは屋上に出た。

双子が持ち帰った朝顔の鉢に水をやり、花壇の植物にもホースを向けた。燦々《さんさん》と照る太陽光が上手い具合に反射して、小さな虹が出現する。

作為的でも、淡い七色の橋の出現で気持ちはにわかに上昇する――ハッピーだ。

「しかし、眩《まぶ》しいな。今日も暑くなりそうだ」

一旦家の中に入り、日焼け止めを塗った上に麦わら帽子を被《かぶ》ってきた。

そして、手には箱――機内にぎりぎり持ち込めるくらいに大きな段ボール箱には、家庭用フレームプールが入っている。

昨日の昼間に届いたのだが、島崎に見つからないように麻里の部屋に置いてもらっていた。

パラソルと膨らませるタイプの滑り台、電動空気入れをオプションにつけ、全部で七万円の高額商品だ。セールになっていたからこれで済んだが、正規の金額だと十万ちょっと。

値段は口が裂けても言うつもりはない。

今日はこれを組み立てるのが午前中最大の目標だ。水を張るところまでやってしまえば、明日の日曜日は家族全員で楽しめる。

「えーと、まずは部品の確認だ。それから、こう…順序良くやって――」

シートを広げた上に組んだフレームを載せ、そのフレームをシートに通したり、塡《は》め込んだりしてプールの形をなすまで一時間ちょっと格闘した。

家庭用とはいえ、縦三メートル横二メートルのプールは迫力ものだ。予想以上に大きくて、屋上の面積をだいぶ埋めることになった。

オプションの滑り台は空気を入れ、プールに跨がせる形で設置。パラソルはプールの外枠に括《くく》り付けた。

満足である。

みんなが楽しめるなら、不経済とは言えないとレイタは思う。

「さあ、あとは水を入れるだけね」

ホースで水を溜めている間は花壇の雑草を毟《むし》った。

日々の手入れで、花壇もだいぶそれらしくなってきた。バラを添え木に這《は》わせ、色とりどりの花も植え替えた上で肥料を与えた。

食べられる野菜やハーブも今が盛りだ。

しだいに上ってきた太陽に容赦なく照りつけられるうち、汗まみれで草毟りをしているのに嫌気が差してきた。

もう我慢ができないとなって、レイタは着衣のまま、まだ溜まりきっていないプールに入ってしまう。

水道水は冷たかったが、火照った肌には気持ちがいい。

「はぁ、生き返るな」

大の字で寝てもまだまだ余裕の大きさは大正解だ。

雲一つない青空と向き合いつつ、レイタは掌《てのひら》を上にかざして太陽を透かし、有名な童話の歌詞のように自分の血管の流れをしみじみと眺めた。

人間だと思った——普通に自分は人間である、と。

しかしながら、皮一枚の上に乗ったこの美貌のお陰で、またレイタはテレビの世界に戻ることになったのだ。

（でも、大丈夫。もう一人で立ってても怖くない）

この背中の下に戻って来られる家がある。外で何の役を演じようと、家に帰れば素の自分に戻ることが出来る。

（今の僕は無敵だぞ！）

レイタが芸能界に戻るために元の所属事務所と連絡を取った数日後、島崎もまた生活を変える第一歩を踏み出した。

企画部長を呼び出し、秋には社長椅子を譲りたいと話したのだ。

快諾した企画部長には一つだけ課題を出したそうだ――出来るだけ残業時間を減らし、社員に家族と向き合う時間を持たせること。コンサルの受注先にもその提案をして欲しい、と。

まだ三十代という若さで島崎は社長職から降り、創始した『ＣＩＭＡ』グループの会長の座に退いた。

これからは経済誌のいくつかに連載を持ちつつ、会長として各会社の経営数字をチェックし、社長たちの相談に乗ることが主な仕事になる。

午前中の短時間だけ働き、午後はまるまる家事・育児に当てるつもりらしい。まずは料理教室に通うとレイタに宣言した。

子供たちと過ごす時間を作るのは悪いことではないけれど、さすがに勿体ないと思わずにはいられなかった。自分は充分に働いたと島崎は言っていたが、そもそも彼は働くのが好きなのではないだろうか。

いつの間にかプールの水は溜まり、レイタはゆらゆらと浮いていた。

この浮遊感には覚えがある——そう、お互いが達した後もしばらく抱き合っているときの感覚だ。

昼間から何を考えているのかと自嘲を噛《か》み締めていたとき、いきなり視界が暗くなった。

「何してるんだい？」

真上に島崎の顔が現れ、レイタを覗き込んできた。

「何って…見ての通りですよ。プール組み立ててたら、暑くなってきて、我慢しきれずにドボンです。見たまんま」

「またでっかいやつを買ったもんだな。いくらした？」

レイタは答えず、ただふふっと笑った——まずは購入目的を強調だ。

「目が離せない三人を連れて公営プールはきついから、家で存分に水遊びして貰おうと思ったんですよ。滑り台があれば、コウくんも楽しいでしょ」

「そうだな、喜ぶよな」

「水鉄砲は家にありますよね？」

「風呂場にあるやつの他に、地下倉庫にでかいのがあったはずだ」

「浮き輪は？」

「あるよ。ビーチボールも出そう」

少しずつ話題を逸らし、まんまと値段の追及から逃れてしまう。

「で、あなたはなぜこんな時間に帰ってらしたの？」

「帰ってきたら悪いかな？」

「う・れ・し・い！」

レイタは華々しく叫び、掌を島崎の頬に伸ばした。

唇を尖《とが》らせ、キスを催促する――餌をねだる魚のように。

普段のレイタはあまり豊かに愛情表現をするほうではないが、屋上というロケーションのせいだろうか、真上に広がる空と水の感触にひどく奔放な気分になっていた。

「珍しいはしゃぎっぷりだな」

ふっと笑って、島崎が顔を寄せてきた。

その顔が素晴らしく良い。

四人の子の父親には見えなかった。

（一般人のくせにこの美貌は反則だよ）

レイタは思い切って腕を伸ばし、遠いほうの肩をぐいと掴んだ。力を籠め、島崎をプールの中へと引きずり込んだ。

「う…っわ、な、何してくれるっ⁉」

ずぶ濡《ぬ》れになって抗議してくる男に自分からキスをした。

「好き」

ぴったり唇を合わせれば、抗議の言葉は甘く溶けてなくなった。

「今ね、あなたのことを考えていたんですよ、ぷかぷか水に浮きながら。そしたら、帰ってくるんだもの、びっくりしちゃった」

レイタがそう言っている間も、島崎はちゅっちゅと口づけを繰り返していた——いつものように耳たぶを弄《いじ》りながら。

ゾクゾクして、肩を竦《すく》めずにはいられない。

低い声で囁《ささや》かれた。

「舌を出してごらん、吸ってやるから」

「こう？」

「いい子だ」

舌を絡めた深いキスに身体を熱くし、いよいよ引き寄せ合ったとき…——コホン、と遠慮がちに咳《せき》が落とされた。

「あ」

島崎がぴたりと行為を止《や》めた。

「？」

レイタが島崎の視線をなぞると、そこに安西を見つけた。

「い…いたんですか？」

「おりました」

一礼してくる。

「わたしといたしましては、美しい男性同士の行為を見学するのは楽しくないこともないのですが……社長にはまだ引退前で、いろいろと仕事が詰まってます。邪魔立てしてしまいましたこと、どうかどうかご容赦下さい」

わざと慇懃《いんぎん》無礼な言い方をしてのける秘書に、社長である島崎のほうが恐縮しないわけにはいかなかった。

「いや、こっちこそすまん。つい…」

「流れってありますよね。河合《かわい》さ…いや、レイタくんが可愛らしく誘ってましたものね。あれは拒めませんよね。わかります、わかりますよ」

「だから、すまんって」

島崎は全身ずぶ濡れでプールを出た。

出来る男が見る影もない…わけではない。濡れて崩れた前髪を無造作に払う仕草はセクシーだった。

「あ、タオルお持ちしますね。少々お待ちください」

安西がいったん引っ込んだので、島崎は肩を竦めてレイタに笑いかけてきた。曰《いわ》く——元ホストは嫌味が強烈だよな、と。

しかし、タオルを持ってきてくれる安西はやっぱり有能な秘書なのだ。

島崎が引退するにあたって、彼もまた会社を辞めることになった。

新社長に指名された企画部長は彼の残留を強く希望したが、安西は島崎にしか仕えるつもりはないと固辞したのだ。

島崎とレイタが着替えをしている間も、安西はせっせと立ち働く。もはや勝手知ったる島崎家のキッチンでコーヒーを丁寧に淹《い》れた。

「どうぞ」

「あ、すいません」

自然に頭を下げたのはレイタだけではない。

「社長には午後の予定がぎっしりですので、手短にお話しさせていただきますね」

今後のことを相談するために、まだ誰にも聞かれたくない話だから…と社内を避け、島崎家を希望したのは安西だった。

「お二人にご相談したいことがありまして。わたしの今後なのですが、とある事業を始めたいと考えております」

「塾でもやるのか?」

「いえ、塾ではないです」

麻里に勉強をさせる手腕は見事だったが、その自他共に認める最も得意とするところを否定して、安西は以前レイタが考えた家事代行サービスをやりたいと言い出した。

ホストを辞めてぶらぶらしている後輩たちを集め、教育し、執事然としたスーツ姿で派遣先へ家事をしに行く仕事を始めたいという。

「おお、派遣ハウススチュワード『ミスター・ローレンス』が実現するんですね」

レイタはわくわくを隠さなかった。

「レイタくんのアイディアをそのまままいただいてしまいますが、よろしいでしょうか?」

「ぜんぜん構わないです。むしろ嬉しい。アイディアを展開したのは安西さんですし。僕が知っている手持ち無沙汰なイケメンたちにも声をかけていいですか?」

「ぜひぜひ。面接に来ていただければ、採用を検討しますよ」

家事代行だけでなく、介護にも参入するつもりだと安西は言った。

「ホストを辞めた後、介護職に就いた男がおりましてね……こいつが実に細やかで優しい男なんですよ。でも、悲しいことに、ホストには全く向かなかった。その彼と共にこの事業を起《た》ち上げようかと思っています」

「いいじゃないか、その企画！」

島崎は絶賛した。

「イケメンに家事をやって貰いたい人間は少なくないと思う」

どこか羨ましそうにしながら、彼はいくつかのアイディアを出した。

「さすがですね、社長。そのアイディアも頂戴します」

「しかし、聞いていいか？　安西はどうしてさっさと教育産業にいかない？　本当にやりたいのは教育じゃないのか？」

島崎の問いに安西は真摯な瞳で答えた。

「二年…いや、もう三年になりますか、わたしは社長のお側におりました。学んだことは多く、今はそれを試してみたいと言いますか……つまり、一から起業してみたいんですよ。教育のほうもこの後に必ずやります。ただ教育に携わるってことは、人が相手ですから、単に勉強を教えればいいってことでもないと思うんです。人を育てる、場合によっては家庭の事情をまるごと抱え込むこともあるでしょう。わたしも世間をもっと知らなければ…と考えるようになりましてね。家事サービスは他人の家に入りますから、いろいろ癖のある人物や家庭に触れることになるかと思うんです。全てが勉強になるんじゃないでしょうか」

「元ホストの言うこととは思えない」

島崎の茶化しに、安西はいやあと頭を掻《か》いた。

「そこでお願いしたいのは出資です。社長個人でなくても構いません。CIMAグループのどこかがこの事業に賛同し……――いや、いっそ社長もこの事業をご一緒にやりませんか？　家事を覚えたいって言ってらしたでしょ？」

「え、オレが？」

島崎はいやいやと首を横に振ったが、興味津々なのは一目瞭然だった。

レイタは背中を押してあげることにした。

「社長業を引退したら、きっと暇を持て余すでしょうね。会社を起ち上げる安西さんをお手伝いしてあげたらいいと思いますよ。ついでに家事を覚えてきてくれたら僕も楽だし」

「そ…そうかな？」

「最初に関わる現場としては、山本さんご夫婦のところがありますよ。あそこなら失敗も笑って許してくれるだろうし、何より奥さんは成司《せいじ》さんに甘い」

「山本さんご夫婦のことは気になっていたんだよ」

安西がふふっと笑った。

「成司さんって呼んでるんですね」

「単なる名前だが、なにか？」

島崎はむすっとしてみせるも、レイタはいたたまれない。

「コーヒーをもう一杯ずついかがですか？」

慌ただしく立ち上がる。

「あ、わたしが淹れますよ」

自分がやるというレイタを押し留め、安西はコーヒーを淹れ直しにキッチンに向かった。コーヒーメイカーを使用せずに淹れるとなると、彼は自分独自の方法でやりたいようだ。

ややあって、ひょいとカウンターから顔を出した。

「今ちょっと思いついたんですが」

「なんだ？」

「社長のお知り合いの服飾関係の方に洗濯機で洗えるスーツを作っていただきたいと思っているのですが、そのＣＭにレイタくんがお出になったらいかがでしょうね？」

急に自分に話題が向けられ、レイタは反射的に姿勢を正した。

「え、どんな？」

「たとえば…そうですね、帰宅した途端に幼い子供に空腹を訴えられるんです。何か出してくれと泣かれたら、着替えをする間はない。油が撥《は》ねても調味料がくっついても、このスーツなら大丈夫。たちまち美味しい料理の出来上がり。子供もレイタくんもにっこりです」

安西は淀《よど》みなく自分がイメージするところを語った。

「家族の笑顔を守る家事メンのためのスーツ。着替えもせずに家事に勤しむ真に有能な男のための『家事スーツ』。動きやすく、丸洗い出来る優れもの。回っている洗濯機の前でにっこり笑顔のVサイン……ああ、いいですね。これはきっと女性たちに大人気になりますよ」

正直、微妙だ…とレイタは思ったが、島崎のほうは安西を褒めまくる。

「相変わらず、安西はいい発想をするよ。そのCMでレイタは再ブレイクか。スーツも売れて一石二鳥だ！」

そんな所帯じみたスーツを一体誰が買うというのだろう。

(大体スーツってもんは企業戦士の神聖なるコスチュームでしょ？)

しかし、レイタはそんな心の叫びはおくびにも出さない。せっかく島崎がやる気を出しているのだ、水を差すようなことは口にしたくない。

その代わり、前髪に水滴を引っ掛けたしどけない様子で耳たぶを弄ってみせた——この場でのカメラはパートナーの深い色の瞳。

意識しながら、溜息混じりに言う。

「パパやママ…子供たちも、家族みんなが幸せっていいですよね」

そうだなと深く頷いたようでいて、島崎はごくりと生唾を飲み込んだ。屋上のプールでの熱烈なキスはまだ唇の上で燻《くすぶ》っている。

『夜まで待ってろよ』

視線で告げられ、レイタはくすりと笑みを零《こぼ》した。

(コウくんが一緒に寝たがらなければ、きっとね)

さて、半年後――。

レイタは『家事スーツ』のCMをきっかけに、再ブレイクを果たすことになる。

雨上がりのどろんこ道を保育園に向かって自転車で疾走し、帰宅後は料理に取りかかる美青年の姿は男性らを戸惑わせたが、せっかく作った離乳食を吐き、おむつ替えではオシッコを飛ばすなどの狼藉《ろうぜき》を働く赤ちゃんに向けた優しい笑みは全ての女性をめろめろにした。

圧巻だったのは、回る洗濯機の前で白シャツとジャージで踊ったダンスだ。

そのキレキレっぷりには青少年たちが注目した。

曰く――『ザ・コネクト』のレイタ改め河合レイタ、しばらく見かけなかったが、ぜんぜん衰えてないぞ！　あの腰つき、セクシーすぎる。鬼すげえ‼

動画サイトの閲覧回数はえげつなかった。

かくして、動けて洗える『家事スーツ』は、狙った層ではないスーツ未満の若者たちに売れに売れ、空前絶後と言っていいほどに売れまくったのであった……。

あとがき

運動不足解消のために一日八千歩のウォーキングを始めて三日目、骨盤に剥離《はくり》骨折を喰らった水無月《みなづき》さららです……ええ、無謀だったようです。

仕方がないので、モニターを前にジャ◇ーズさんたちと上野《うえの》の双子パンダを眺めながらぼんやり2021年をやり過ごし、同じように2022年を迎えたワタクシ……――いよいよ喜怒哀楽が淡泊に。小説を書く者として……いや、もはや人間としてヤバイことになりかけてます。ぼちぼち外に出よう、美しい景色を目に焼き付けようキャンペーンを発動したいところ。まずはバスツアーで苺狩りに行きたいな。温泉もいい。世の中の状況がもうちょっとはっきりしたら、実行しようっと。骨盤周辺を労りつつ。

さて、子沢山の男と元芸能人を描いてみました。遠い昔、カル○スこども名作劇場のアニメシリーズで『ト■ップ一家物語』というのをやっていたのをご存じでしょうか。映画だと『サウ△ド・オブ・◇ユージック』。ケン・ワ○ナベの『王様と■たし』って舞台もそれに近いか。まあ、あんな感じを現代に落とし込んだものを目指したつもり……果たして、わたしが描いたらこんなお話になりましたよ。楽しんでいただけるといいのですが。エッチなシーンと幼子とのやりとりのバランス加減が難しかったです。トキメキとほのぼのは同居しづらい。

ちなみに、レイタの癖の強いターンは、２０２1年に十五周年を迎えた某グループ所属のＫくんのもの。Ｋくん、色っぽカッコイイ大人の男になりましたわね。

いまいちスパダリになりきれなかった耳フェチ男、島崎のモデルは特にいないです。外見的には某俳優さんをイメージしているけど、大手スーパーのパンツなんて穿《は》かないよね。でも、島崎には一生ケチでいて欲しい。料理も下手でいて欲しい。

それにしても、わたしが立ち止まっている間も、世の中は動いてないようでしっかり動いていたのでした。出社しないで自宅で働くって形が定着しつつあり、会議はリモート、当然ながらペーパーレス……今後はオフィスラブが書き難くなるかもしれない。いやいや、ラブはどこにでも発生するから、別ジャンルが生まれるってだけかもね。

こんな新しい時代にわたしの居場所はあるんでしょうか。最近ツイッター上で見かけた「平成レトロ」という言葉には仰け反ったわ……ああ、時代は流れてるのね。ついていくんなら、まずは交通系ＩＣカードで支払いをすることに馴《な》れなければ。

この本の出版にあたり、編集Ｔ嬢、編集部の皆様方、イラストの夏河《なつかわ》シオリ先生、家族に友人たち…ご尽力下さった方々に感謝致します。もちろん、お手に取って下さった読者さまには大感謝。今後ともどうか応援して下さいませ。骨密度を測りながら頑張ります。

この本を読んでのご意見、ご感想を編集部までお寄せください。

《あて先》〒141-8202　東京都品川区上大崎3-1-1　徳間書店　キャラ編集部気付
「僭越ながらベビーシッターはじめます」係

【読者アンケートフォーム】

QRコードより作品の感想・アンケートをお送り頂けます。

Chara公式サイト http://www.chara-info.net/

■初出一覧
僭越ながらベビーシッターはじめます……書き下ろし

Chara

僭越ながらベビーシッターはじめます……【キャラ文庫】

2022年1月31日 初刷

著者 水無月さらら
発行者 松下俊也
発行所 株式会社徳間書店
〒141-8202 東京都品川区上大崎3-1-1
電話 049-293-5521（販売部）
03-5403-4348（編集部）
振替 00140-0-44392

印刷・製本 株式会社広済堂ネクスト
カバー・口絵
デザイン 豊田知嘉＋百足屋ユウコ（ムシカゴグラフィクス）

ISBN978-4-19-901055-2

水無月さららの本

二度目の人生は
ハードモード
から

nidome no
jinsei ha
hardo mode
kara

水無月さらら
イラスト◆木下けい子

27歳で事故死したはずの俺の魂が、
17歳の高校生の身体に乗り移った!?

キャラ文庫

好評発売中

［二度目の人生はハードモードから］

イラスト◆木下けい子

27歳で死んだはずの俺が、17歳として生き返った!?　交通事故で助けた高校生・拓人の身体に、なぜか魂が乗り移った芳郎。何とか別人だと気づかれないよう、家族や友人と接する毎日だ。そんな芳郎を興味深く見つめるのは、元家庭教師で弁護士の市島。「たっくん、事故に遭ってから大人っぽくなったね」生前の拓人が彼に想いを寄せていたと知りながら、同い年の男として無意識に振る舞ってしまい!?

水無月さららの本

好評発売中

[海賊上がりの身代わり王女]

イラスト◆サマミヤアカザ

荒くれ者の海賊を率い、海を縦横無尽に駆け巡る――キレ者の海賊船の船長は少女と見紛う美少年で、しかも世継ぎの王女と瓜二つだった!? そんなデイヴィッドに目を付けたのは、王室護衛官のローレンス。臨終の床に臥す国王を支え、王女を暗殺から守るため奔走する日々だ。「王女の影武者となり、わたしに命を預けてくれ」捕縛された仲間を助けるため、デイヴィッドは命がけの任務を引き受けて!?

キャラ文庫最新刊

ドンペリとトラディショナル

秀 香穂里
イラスト✦みずかねりょう

売り上げ成績に悩む、高級アパレル店員の涼《りょう》。飲み会で訪れたホストクラブで、NO.1のコウとぶつかると、身体が入れ替わってしまい!?

王を統べる運命の子③

樋口美沙緒
イラスト✦麻々原絵里依

心臓にナイフを突き立て、川に落ちたリオ。フェルナンに助けられ目覚めたリオは、「北の塔」を目指し、揃って旅に出るけれど…!?

僭越ながらベビーシッターはじめます

水無月さらら
イラスト✦夏河シオリ

夜の街で絡まれていた所を、大企業の社長・島崎《しまざき》に助けられたレイタ。男手で一つで四人の子育てをする彼の手伝いをすることになり!?

2月新刊のお知らせ

海野 幸 イラスト✦小椋ムク ［魔王のようなあなた(仮)］
小中大豆 イラスト✦笠井あゆみ ［薔薇と棘草の純愛(仮)］
夜光 花 イラスト✦小山田あみ ［不浄の回廊番外編集(仮)］

2/25
(金)
発売予定